Oralie Julien
Cynthia Kafka
Camille Skrzynski
en collaboration avec
Candice Kornberg Anzel

MARABOUT

À Léandre et Marissa, qui n'ont pas de jumeaux
(même si parfois je me le demande !)
mais que j'aime doublement chacun
Cynthia Kafka.

À mes enfants évidemment, Eden, Jules et Sacha
sans qui la vie ne serait pas aussi folle
Oralie Julien

À mes jumeaux de neuf ans d'écart !
Camille Skrzynski

SOMMAIRE

Quel type de parent vous correspond en apprenant que vous attendez des jumeaux ?

❑ OMG ! Deux fois plus grosse enceinte, deux fois plus de biberons, de linge sale, de couches à changer… et deux fois moins de sommeil !

❑ Ce sera de la survie avec deux bébés… mais on est deux aussi pour y faire face !

❑ Deux fois plus d'amour, c'est tellement merveilleux !

Si vous avez coché la première case, on se calme : respirez, pétez un coup, lisez ce livre !
Si vous avez coché la deuxième case, c'est vrai, l'union fait la force, mais avec ce livre c'est encore mieux !
Si vous avez coché la dernière case, ouiii c'est meeerveilleux des jumeaux, surtout quand ils organisent un concert de pleurs en pleine nuit. Et qu'ils ont des coliques. Et de la diarrhée. Lisez quand même ce livre.
Quoi que vous ayez coché, nous vous conseillons également d'investir dans les autres tomes de la collection *des Parents Imparfaits*, qui font vraiment chouette sur une étagère de bibliothèque avec toutes ces jolies tranches colorées !

INTRODUCTION

Qui n'a jamais rêvé d'avoir un frère jumeau ou une sœur jumelle ?
Qui ne s'est jamais imaginé parent de deux bébés identiques ?
(Oui, bon, qui n'a jamais angoissé en se demandant :
« Et s'il y en a deux, comment ça va se passer ? »)

Petite information statistique qui a son importance : la gémellité représente 1,5 % des grossesses. Autant vous dire que si vous avez ouvert ce guide parce que vous attendez des jumeaux... Bravo ! Vous devriez peut-être jouer au loto !

En cas de gémellité, donc, laissez-nous casser l'ambiance : l'argent, vous allez surtout le dépenser. Mais vous allez également découvrir un univers parallèle et entrer dans la *team* #Jumeaux, et ça, ça n'a pas de prix ! (Si, si !)

D'une part, vous allez pouvoir vous la péter allégrement auprès de 98,5 % des autres futurs parents.

D'autre part, vous allez donner et recevoir deux fois plus d'amour (pour les emmerdes, on vous en parle plus tard, histoire de ne pas vous faire fuir dès l'introduction, ça serait ballot).

Nous avons truffé ce guide d'informations importantes, voire essentielles, d'anecdotes pour vous décrisper quand vous sentirez le stress monter et de conseils et astuces pour que, dès l'annonce de votre grossesse gémellaire, vous puissiez vous préparer à cette incroyable aventure dans laquelle vous avez embarqué !

Alors *no stress*, tout va bien se passer !

Après avoir lu ce livre, vous devriez normalement être au taquet pour accueillir sereinement vos jumeaux (on l'espère, parce qu'il n'est pas fourni avec des anxiolytiques si vous êtes vraiment paniqués).

Bonne lecture et courage, tout va bien se passer (*bis*) !

— TEST —

Êtes-vous prêt à accueillir des jumeaux ?

Ça y est, c'est acté, vous partagez votre corps avec deux colocataires qui pour le moment se font discrets, mais qui vont prendre de plus en plus d'espace. Peut-être que vous ne réalisez pas encore, pourtant il va falloir, à un moment donné. Comment vous sentez-vous ? Voici quelques questions pour faire le point et vous situer !

Note avant de commencer : la question de départ est purement rhétorique, puisque quoi qu'il en soit, vous allez accueillir deux bébés !

1 Pour votre grossesse, votre plus grande peur est :

A) Même pas peur, mais tellement hâte !
B) De ne pas en profiter assez à cause du boulot.
C) De prendre trop de poids et d'avoir un ventre qui dépasse des orteils.

2 Dormir, c'est :

A) Pour les faibles. C'est une perte de temps.
B) Un besoin, mais vous faites des nuits courtes en général.
C) Vital. Si vous ne faites pas vos 8 heures de sommeil par nuit, vous ressemblez à un hamster écrabouillé.

3 Niveau organisation, vous êtes du genre :

A) Chef, oui, chef ! Vous avez une organisation quadrillée et quasi militaire.
B) Pas trop mal. Vous acceptez de ne pas cocher votre to-do list à la fin de la journée, mais vous réussissez à tenir le planning.
C) À procaféiner (vous remettez toujours à demain ce que vous n'avez pas fait avant votre premier café).

4 Avoir des jumeaux, pour vous, c'est :

A) Un rêve de gosse.
B) Quelque chose qui ne vous avait jamais traversé l'esprit.
C) Votre pire hantise.

5 Vous rêviez d'une famille :

A) Nombreuse. Une équipe de foot avec remplaçants.
B) Avec deux enfants, au moins ça, ça sera fait.
C) Avec un enfant unique...

6 Vous vivez dans :

A) Une grande maison avec plein de chambres libres, une colonie de vacances pourrait s'y installer.
B) Un petit appart, mais vous avez prévu de déménager.
C) Un minuscule studio et ne comptiez pas en bouger...

7 À l'annonce de cette grossesse gémellaire, vous avez été :

A) Avertis avant. Vous avez plusieurs cas de gémellité dans vos familles, ou alors c'était un traitement, vous étiez donc préparés à cette éventualité.
B) Choqués... Comment c'est possible d'avoir des jumeaux quand il n'y en a pas dans nos familles ? Comment ? Ce n'est pas toujours génétique ?
C) Carrément en dépression ! Non, mais deux enfants d'un coup, ce n'est pas possible !

Question subsidiaire (mais qui a son importance) : combien de bras avez-vous ?

A) Douze, on vous surnomme Shiva.
B) De libre ? Si on ne compte pas celui qui tient votre téléphone, ça vous en laisse un.
C) Pas de bras, pas de chocolat. (Si la blague vous a fait rire, c'est que vous avez 7 ans d'âge mental, comme nous. Fuyez ce test immédiatement !)

Résultats du test

Vous avez une majorité de A : c'est parti, mon kiki, direction l'aventure de votre vie ! Votre rêve se réalise ! Mais lisez bien les pages suivantes quand même... Entre ce que l'on croit et la réalité, il y a parfois un gouffre.

Vous avez une majorité de B : vous avez les pieds sur Terre et tout devrait bien se passer. Après lecture de ce guide, vous serez armés !

Vous avez une majorité de C : allez, on se calme et on souffle. C'est normal de stresser, mais sachez que vous n'êtes pas seuls. Allongez-vous, lisez ce guide et vous verrez, d'ici 18 ans, vous vous en sortirez. (Oh, ça va, on blague !)

CHAPITRE 1

LA GROSSESSE

La découverte d'une grossesse est un moment incroyable pour le couple. Se dire que l'on a créé un petit être qui grandit, c'est magique, complètement fou, un peu flippant, mais tellement merveilleux… (Sortez les violons.)
Quand on découvre que l'on attend des jumeaux, c'est un peu comme le deuxième effet KissCool, la fausse note au milieu de la partition. Même quand on s'y attendait (ou que l'on croyait s'y attendre), on n'est jamais tout à fait prêts. Deux. Ils sont deux. Comme nous. Un pour deux, ça allait, mais deux ?
Comme on le précisait au tout début de cet ouvrage, la grossesse gémellaire ne touche que 1,5 % des grossesses et, croyez-le, les grossesses vécues par les copains/copines, quoi qu'ils vous en disent, n'ont rien à voir avec la vôtre.
Dans ce chapitre, on va ouvrir le dico de la gémellité (vous verrez, les noms sonnent un peu barbares, mais vous serez vite hypercalés !) et découvrir ce qui se passe lors de cette grossesse. De l'intérieur de votre corps jusqu'aux réactions de votre entourage, qui seront nombreuses et parfois surprenantes !

— LA DÉCOUVERTE —
de la grossesse gémellaire

Il est possible que vous vous doutiez de cette double surprise, soit parce que vous avez eu recours à une FIV, soit parce que des jumeaux sont dessinés sur toutes les branches de vos arbres généalogiques. Mais quoi qu'il en soit, la découverte est toujours un moment surprenant. Quand est-ce que l'on sait ?

Le test de grossesse

Clairement, ce n'est pas en faisant votre long pipi de début de journée sur le test de grossesse acheté en quadruple à la pharmacie que vous saurez que vous attendez deux bébés. Non, le nombre de traits n'a rien à voir dans l'équation. (On est désolées de vous décevoir si vous avez acheté ce guide juste après avoir vu deux traits violets, donc...) (Mais attendez avant de le revendre, on ne sait jamais !)

La prise de sang

La prise de sang ne vous en dévoilera pas forcément beaucoup plus. Le taux d'hormones hCG, aussi appelé « taux de bêta-hCG » (hormone chorionique gonadotrope humaine, si vous voulez briller en société !), qui révèle une grossesse, n'est pas un indicateur fiable d'une grossesse gémellaire. Le taux de bêta-hCG peut être plus élevé en cas de grossesse dite « multiple », mais pas forcément. Il ne faut donc pas s'y fier et attendre la première échographie.

Quelques signes pouvant vous orienter

La légende raconte que les grossesses gémellaires provoquent des nausées plus puissantes, des douleurs aux deux ovaires et une fatigue plus accrue. Mais si vous êtes enceinte pour la première fois, comment saisir la nuance ? Mystère (et deux bouts d'gnomes). Il se dit aussi que le ventre grossit plus vite, mais tout cela dépend de chaque femme et de chaque grossesse. Raison de plus pour ne pas hurler au monde entier que vous attendez deux bébés tant que cela n'a pas été vérifié.

Le doppler

Le doppler (un appareil pour écouter le cœur du bébé, utilisé par les gynécologues et les sages-femmes) amplifie les bruits du cœur fœtal. On peut donc détecter s'il y a plusieurs battements de cœur. Attention cependant, même si l'erreur est rare, elle existe néanmoins. Et si le doppler est fait trop tôt, vous pourriez même ne rien entendre du tout (et stresser pour rien).

L'avis de tata Lucette, vieille fille de 76 ans qui a eu 7 chats

Si, elle l'aura sûrement deviné et vous le fera savoir. Mais clairement, son avis nous importe autant que celui de la cousine du coiffeur préféré de tonton Jean.

L'échographie

Voilà ! On y est. C'est lors de cette première échographie que, souvent, les images lèvent le voile sur ce qui se passe à l'intérieur de votre utérus. Vous, parents, ne vous en rendrez peut-être pas compte immédiatement, mais vous verrez un changement dans le regard de votre échographiste. Une attention un peu plus poussée, un sourcil redressé, un doigt pointé vers l'écran. Vous froncerez les yeux, essayant de découvrir ce qu'il vous montre, jusqu'à ce qu'il dise un truc du genre : « Félicitations, il y en a deux. » C'est à ce moment-là que le papa cherche l'issue de secours du coin de l'œil, s'il ne tourne pas (de l'œil), et que vous sentez un poids peser sur votre poitrine (ou l'inverse, cela dit).

IL Y EN A DEUX. Et on ne parle pas des pieds, qui du coup, sont quatre. *OH MY GOD !* (Et RIP mon utérus.)

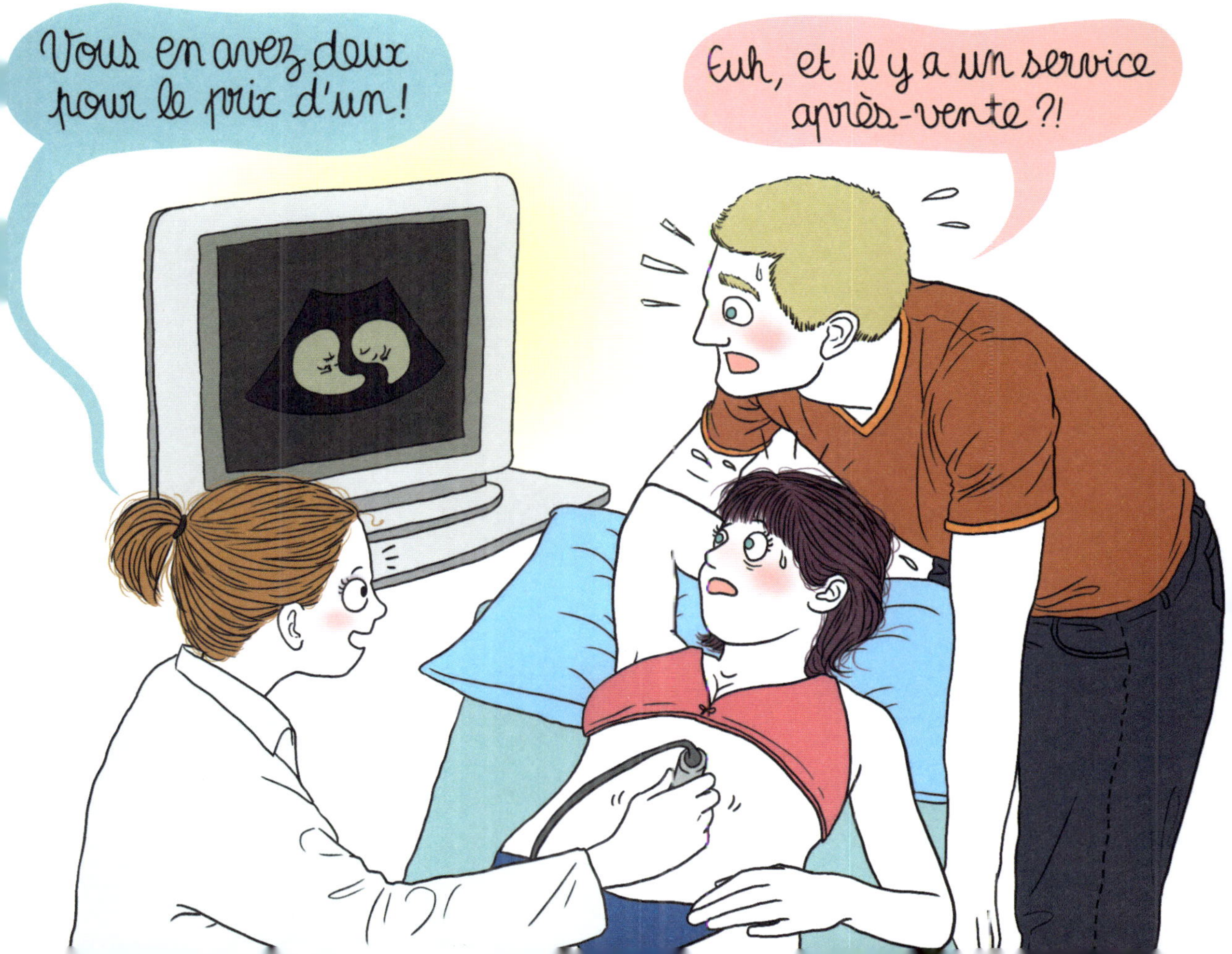

— RÉACTIONS À CHAUD —

(chauds, chauds, les marrons, chauds)

Croyez-en notre expérience, il y a plusieurs phases qui suivent l'annonce d'une grossesse gémellaire. Au moment où l'échographie vous révèle que deux petits cœurs battent, c'est l'effervescence. On a enquêté à la sortie du cabinet de gynécologie pour que vous vous fassiez une idée…

Mylène et Damien, sans enfants

« J'ai mis 15 minutes à comprendre ce qui se passait réellement. Je croyais que le gynéco nous parlait de quelqu'un d'autre, mais pas de nous. Nous, on devait avoir un bébé, pas deux ! Damien, lui, a réalisé plus vite que moi. Je ne l'avais jamais vu avec le teint vert, c'est chose faite. Il a répété "Oh, la vache" pendant 8 longues minutes, j'ai cru qu'on l'avait perdu. »

Francine et Mathieu, 1 enfant

« Cette grossesse était déjà une surprise. Alors quand on a vu qu'il y en avait deux… J'ai tout de suite compris en voyant l'écran. J'ai serré la main de mon mari en disant : "T'as vu, t'as vu, t'as vu ?" Il a éclaté en sanglots, je ne sais toujours pas si c'était de la joie ou de la peur. »

Antoine et Clémence, sans enfants

« Ce n'était pas spécialement une surprise. Du fait de la FIV, on savait que ça pouvait arriver. Mais c'était quand même comme si on avait gagné le jackpot. Deux d'un coup, je me suis pris pour un superhéros… »

Patrice et Mélanie, 2 enfants

« On en avait parlé juste avant d'entrer dans le cabinet. Et si c'étaient des jumeaux ? Mélanie en a dans sa famille. Quand le gynécologue nous a confirmé qu'il y avait bien deux embryons, on s'est tapé un fou rire nerveux. Je crois que la première phrase que j'ai sortie, c'était : "Bon, bah du coup, pour la voiture, on va prendre une 7 places ?" »

Arnold et Cécile, sans enfants

« Quand j'ai vu les yeux de l'échographiste, j'ai cru qu'il y avait un souci. Cécile m'a serré la main, les larmes aux yeux. Elle a dit : "Il va bien ?" L'échographiste a répondu : "Plutôt deux fois qu'une", avec un sourire en coin. Cécile a dit : "Oh mon Dieu !" et moi j'ai essayé de comprendre la blague. Ensuite, je me suis senti mal. Mais finalement, on est vraiment heureux. »

#Quoiii?IlYenADeux?!

LE PREMIER MOT

Juste pour le fun, on a fait un sondage via les réseaux sociaux pour connaître le premier mot que vous avez prononcé lors de la découverte des deux bébés à l'écho. Sur 160 réponses, il y a eu :

38 distingués « Putain ! »

23 silences, juste une larme (dans tes yeux) ou un éclat de rire (nerveux).

17 « C'est pas possible ! »

15 « C'est une blague ! » interloqués, dont la variante « Non ?! »

14 « C'est pas vrai ?! » incrédules.

8 « Wahou ! » époustouflés.

8 « Je le savais. »

6 laconiques « Oh ! »

6 « Génial ! »

4 « Merci, mon Dieu ! » émus (alors que le gars n'était que gynéco, mais bon, passons).

3 « Pardon ? »

2 « Super ! »

1 « Oui, oui, je vois, y en a deux » professionnel.

1 « C'est mon rêve ! » extatique.

1 « C'est tombé sur nous » fataliste.

1 timide « D'accord. »

1 naïf « Chouette. »

1 larmoyant « Extraordinaire. »

1 beau « Les deux se sont accrochés. »

1 « Tu vois, j'avais raison » balancé au passage.

1 « C'est insensé ! »

1 « Deux cœurs qui battent » ému.

1 joyeux « Oh, bordel ! »

1 « Pourquoi y en a deux ? » incompréhensible.

1 « Stop, pas plus, hein ! » alarmiste.

1 « Je peux boire un whisky ? » (auquel on espère que le gynéco a répondu : « OK, mais juste 10 doigts ! »).

1 fier « Je suis trop fort » (c'est un papa qui a répondu !).

Et **1** « La voiture !!! Elle est trop petite ! » pragmatique.

— LE LEXIQUE CHELOU —
de la grossesse gémellaire (et explications)

Conversation entre parents de jumeaux

« Ah ! Vous attendez des jumeaux ? Nous, on a des monozygotes hétéroalléliques, et vous ?

— Bah nous, ce sont des monozygotes diamniotiques.

— Génial ! Faudrait qu'on vous présente Suzie et Louis, ils font partie de la team *dizygote, ils sont supersympas. »*

Vous ne comprenez rien ? Ne vous inquiétez pas, ça va venir (ou pas, mais ça ne sera pas si grave que ça, en définitive). Si vous aviez déjà l'impression que les parents de votre entourage tenaient des discours absolument incompréhensibles pour le commun des mortels nullipares (ceux qui n'ont pas encore d'enfant), attendez de vous retrouver entourés de parents de jumeaux, vous découvrirez vite que vous n'aviez rien entendu.

On a l'impression d'être à l'Académie française et de réfléchir à de nouveaux mots. Notez qu'ils sont hyperintéressants à placer au Scrabble®, mais absolument inconnus de votre vocabulaire si vous êtes novice en gémellité. Pas d'inquiétude, on va les décortiquer ensemble, afin que vous puissiez vous la raconter en soirées mondaines ! (Enfin, si vous réussissez à garder une vie sociale, évidemment.)

C'est parti !

Monoamiotique : il y a un seul sac amniotique, ou plutôt cavité amniotique, si l'on veut parler de façon plus professionnelle, mais ce n'est qu'un détail. En gros, il n'y a qu'une seule poche, dans laquelle se trouve le liquide amniotique ! Visuellement, c'est comme si vos deux bébés nageaient dans un seul sac d'eau.

Biamiotique : il y a, comme le « bi » l'indique, deux cavités amniotiques. Donc deux sacs d'eau, ou alors une membrane qui sépare le sac en deux.

Monochoriale : il y a un seul placenta. Pour rappel, le placenta est l'organe qui relie les fœtus à la mère et qui permet les échanges d'eau, de nutriments et de dioxygène.

Bichoriale : vous avez compris, il y a deux placentas, chaque embryon ou fœtus a donc le sien.

Ensuite on mixe le tout et on fait des duos pour définir notre grossesse. Oui, comme ce n'était pas assez compliqué comme ça, on fait des mélanges !

Grossesse monoamniotique monochoriale : les bébés sont tous les deux dans le même sac amniotique, sans aucune séparation. Il peut donc y avoir des complications plus rapidement comme des problèmes d'enchevêtrement des cordons (les cordons se mélangent et ne peuvent plus alimenter les bébés normalement). Cette grossesse concerne moins de **1 % des grossesses gémellaires**, et c'est aussi la plus surveillée. (Elle devra être suivie par une maternité de type III et l'accouchement sera privilégié entre 32 et 36 SA pour des raisons de santé des bébés.)

Note

Les maternités de niveau III possèdent un service de réanimation néonatale et sont spécialisées dans le suivi de grossesses pathologiques ou multiples qui peuvent être qualifiées de « à risques ».

Grossesse biamniotique monochoriale : les bébés partagent le même placenta mais ont chacun leur cavité amniotique. Dans ce cas, il est recommandé d'accoucher entre 36 SA et 38 SA + 6. Au-delà, cela devient souvent compliqué, car il y a des risques de STT (*cf.* p. 36), le liquide amniotique peut manquer ou les bébés n'ont plus la place de se développer.

Grossesse biamniotique bichoriale classique : chaque bébé « nage » dans sa cavité amniotique et chacun a son propre placenta. C'est la plus cool des trois. Il est recommandé un accouchement entre 38 et 40 SA, comme pour une grossesse classique. Le suivi sera un peu plus poussé qu'une grossesse classique tout de même, mais aucune recommandation spéciale sur le type de maternité.

« VRAIS » OU « FAUX » jumeaux ?

THE QUESTION ! Celle que tout le monde vous posera, passants, voisins, amis, médecins... Et attention (spoiler), signaler que votre grossesse est biamniotique monochoriale ou monoamniotique monochoriale n'est pas la réponse attendue. Même si vous aurez très envie de répondre que non, vous êtes en train de créer des poupons en porcelaine, voici quelques explications supplémentaires.

On ne dit pas « vrais » ou « faux », ce sont des bébés, point ! En revanche, effectivement, ils sont monozygotes ou dizygotes. Et non, il ne s'agit pas d'une tribu présente au XIIe siècle dans le cercle polaire arctique.

Les monozygotes (ou homozygotes)

C'est ce que l'on appelle les « vrais jumeaux ». Dans les pays anglo-saxons, on les nomme « jumeaux identiques », ce qui est bien plus élégant.

Ils sont issus des grossesses monochoriales, et parfois des bichoriales (donc de la division d'un œuf unique fécondé).

Ils possèdent donc le même patrimoine génétique, ce qui fait qu'ils se ressemblent comme deux gouttes d'eau.

Les dizygotes

Ce sont ce que l'on appelle communément les « faux jumeaux » (moyen, le nom), ou « jumeaux fraternels » dans les autres pays (plus sympa).

Ils sont issus de deux spermatozoïdes différents.

C'est ainsi que le sexe des deux fœtus peut être différent et qu'ils ont chacun un patrimoine génétique qui leur est propre.

C'est plus clair, non ?

QUIZ
des idées reçues

Vous avez tout lu, tout compris ? Allez, pour être sûr, on va reprendre. À vos stylos, et répondez sans tricher !

1 — Les jumeaux identiques sont des jumeaux dits :

A) Monozygotes.
B) Diplodocus-herbivores.
C) Dizygotes.

2 — Combien peut-on avoir de placentas dans une grossesse monochoriale ?

A) Un, quelle que soit la météo.
B) Deux, surtout le dimanche.
C) Entre 7 et 12, ça dépend de la position du soleil.

3 — Quelle est la grossesse la plus surveillée ?

A) La monoamniotique monochoriale.
B) Celle de Meghan Markle.
C) La biamiotique bichoriale.

4 — Comment appelle-t-on des « faux jumeaux » dans les pays anglo-saxons ?

A) Jumeaux fraternels.
B) Jumeaux maternels.
C) *Hey Bro !*

5 — De quoi est composé le sac amniotique ?

A) D'eau.
B) D'ammoniac.
C) Ça dépend ce que j'ai mangé hier soir.

Réponses

Les bonnes réponses sont en **A**, évidemment !

Tu te rends compte Chéri, on attend des monozygotes de sexe masculin, autrement dit, pour neuf mois dans ma vie, j'ai plus de couilles que toi !!!
du moins, physiquement...

— BEST OF —

des réactions à froid (le contrecoup de l'émotion)

Page 12, on vous a fait part de quelques réactions à chaud. Maintenant, place au contrecoup, avec ce florilège de réactions issues de réponses données par des parents de jumeaux.

« Est-ce qu'on ne va pas devoir déménager ? »

« Est-ce que je vais les aimer pareil, ou est-ce que je vais avoir un chouchou ? »

« Existe-t-il une crème antivergetures spéciale jumeaux ? »

« Est-ce que je vais tenir neuf mois sans me transformer en sumo ? »

« Est-ce que je vais survivre à un double accouchement et à l'épisiotomie ? »

« Est-ce qu'on va réussir à garder une vie sociale ? »

« Est-ce qu'on passe direct en famille nombreuse ? »

« Est-ce qu'on dormira un jour ? »

« Est-ce qu'on va s'en sortir ? »

« Est-ce qu'ils vont me ressembler au moins ? »

« Est-ce qu'on va réussir à les reconnaître ? »

« Est-ce qu'on va devoir acheter un bus ? »

« Est-ce que je vais pouvoir les allaiter ? »

« Est-ce qu'on ne va pas mourir ensevelis sous les couches sales ? »

« Est-ce qu'on va réussir à se mettre d'accord sur DEUX prénoms qui nous plaisent ? »

« Est-ce qu'on n'a pas trop de chance, en fait ? Mais oui ! »

LES 5 IDÉES REÇUES

sur les grossesses gémellaires.

Comme il y a ce que l'on pense et ce que l'on nous raconte, on a voulu remettre les choses dans leur contexte. Voici donc les principales idées reçues, et la vérité.

1 — Vous avez plus de chance d'avoir des jumeaux si vous avez vous-même un jumeau.

VRAI. Vous aviez en réalité 1 chance sur 60 d'attendre des jumeaux. Sachez également que s'il y a des jumeaux dans votre arbre généalogique, vos chances augmentent. La gémellité est génétique et héréditaire. Attention : on parle ici des jumeaux dizygotes. Pour les monozygotes, c'est le pur fruit du hasard, et les chiffres sont bien moins élevés : on parle de 4 cas sur 1 000.

2 — En ayant recours à la procréation médicalement assistée (PMA), vous avez plus de chances d'attendre des jumeaux !

VRAI. Dans le cadre d'une PMA (qu'il s'agisse d'une fécondation in vitro [FIV] ou d'une insémination artificielle), du fait du traitement hormonal visant à stimuler la production ovarienne, plusieurs ovocytes peuvent être libérés en même temps.

3 — Plus vous avancez en âge (on ne voulait pas utiliser le mot « vieillir » !), plus vous avez de chance de donner naissance à des jumeaux.

VRAI. Avec l'âge, le corps féminin produit de plus en plus d'hormones HSF (hormone de stimulation folliculaire), ce qui peut provoquer plusieurs ovulations lors d'un même cycle.

4 — La césarienne est obligatoire en cas de grossesse gémellaire.

FAUX ! La césarienne N'EST PAS OBLIGATOIRE en cas de grossesse gémellaire.

Il y a évidemment plus de césariennes sur les grossesses gémellaires parce que l'on est sur des grossesses à risques. Mais le mode d'accouchement sera choisi en fonction du terme de la grossesse, du poids des bébés, de leur position respective (visible à l'échographie), de leur état de santé, de la largeur du bassin de la future maman.

Elle devient obligatoire en cas de grande prématurité, à cause d'un retard de croissance sévère ou d'une souffrance fœtale chronique.

Cas particulier : il arrive que le premier jumeau arrive par voix basse et le second par césarienne.

Ce n'est absolument pas la généralité, mais la naissance du second bébé est davantage exposée à différentes complications de l'accouchement : mauvaise présentation, contractions inefficaces, souffrance fœtale suite à un décollement partiel du placenta après la naissance du premier bébé ou procidence du cordon (descente du cordon ombilical avant le fœtus lors de l'accouchement).

5 — Pour donner naissance à des jumeaux, il faut passer par le déclenchement.

FAUX ! Dans ce cas non plus, il n'est pas obligatoire, et l'accouchement se déclenchera même naturellement dans la majorité des cas. Il est indiqué uniquement s'il y a des risques pour les bébés et ne doit pas vous être imposé si leur état ne le justifie pas.

Imagine le pire...
Neuf mois de vomi, stress,
douleurs ligamentaires, restrictions alimentaires;
un ventre difforme et vergeturé à VIE;
des kilos impossibles à éliminer qui me feront une
p***** de culotte de cheval,
un mètre d'êtres humains à expulser par mon
vagin dans la douleur,
pour qu'au final
les DEUX ne ressemblent qu'à leur PÈRE !!
Euh non, le pire,
c'est s'ils ressemblent
à Tata Lucette !
hin hin

LES VRAIES DIFFÉRENCES
entre une grossesse gémellaire et une grossesse unique

Évidemment, on s'en doute, les grossesses gémellaires et les grossesses uniques ne se ressemblent pas tout à fait. Voici quelques vraies différences, à prendre évidemment avec des pincettes, puisque, on ne le rappellera jamais assez, chaque grossesse est unique (on refusera donc tout SAV au titre que votre cousine Marie-Lucie, enceinte d'un seul bébé, a vomi autant que vous qui en attendez deux).

Le poids

À 6 mois, l'utérus d'une femme enceinte de jumeaux est égal à celui d'une femme enceinte d'un seul bébé à terme. La prise de poids est en moyenne 30 % plus importante que pour une grossesse unique. Le ventre est donc plus proéminent et la poitrine plus volumineuse.

L'anémie

Prenons un exemple tout bête : porter deux packs d'eau est plus fatigant que d'en porter un seul, n'est-ce pas ? Eh bien c'est pareil pour les bébés. Attendre deux enfants est plus difficile physiquement. Les bébés puisent dans les réserves, les femmes enceintes de jumeaux sont donc plus facilement anémiées en fer et/ou en folates.

Le suivi

Comme on l'a vu à la page 15, une grossesse gémellaire requiert souvent un suivi plus spécifique, dépendant du type de grossesse gémellaire.

La durée de la grossesse

La durée d'une grossesse gémellaire est généralement plus courte de 2 à 3 semaines par rapport à une grossesse unique. Près de la moitié des jumeaux sont prématurés (avant 37 SA). Le terme varie également selon le type de grossesse gémellaire.

Le lieu de l'accouchement

Oui, Marie-Yasmina a peut-être accouché dans sa cage d'escalier. Vous avez même vu aux infos qu'une femme a donné naissance à son enfant dans un wagon du RER B. Alors vu que vous attendez des jumeaux, il vaut mieux préparer vos arrières (surtout en période de grève). En effet, la présence d'un praticien spécialisé est requise pour les accouchements multiples (notamment dans le cas d'une grossesse monochoriale).

L'accouchement en lui-même

Si la césarienne n'est pas une obligation concernant les grossesses gémellaires, elles sont plus nombreuses que pour les grossesses uniques (40 % contre 20 %). Le personnel est plus nombreux lors d'un accouchement double (ou plus), on passe d'une sage-femme à deux, plus une élève sage-femme, un gynécologue obstétricien parfois assisté d'un interne, l'anesthésiste et, selon les circonstances, un ou deux pédiatres.

Le congé maternité

Enfin une autre bonne nouvelle ! La durée du congé maternité pour les grossesses doubles est de 34 semaines, dont, en principe, un congé prénatal de 12 semaines avant la date présumée de l'accouchement et un congé postnatal de 22 semaines après l'accouchement, plus long donc que pour une grossesse unique. Quant au congé paternité, il dure 18 jours au lieu de 10 !

COMMENT ANNONCER
sa double grossesse ?

Quand on annonce une grossesse gémellaire, c'est double surprise et il y a moyen de rigoler. Filmez les réactions de vos proches, vous aurez du dossier ! Si vous avez envie (vous êtes les futurs parents, c'est le moment de vous permettre toutes les excentricités) d'annoncer que vous attendez des jumeaux d'une façon qui vous ressemble, voici quelques exemples :

- Montrez simplement l'échographie et laisser les proches s'interroger. « Ça, c'est le bébé… — Et ça ?… — Et bah, ça aussi ! »

- En période de Noël, vous pouvez mettre la photo de léchographie dans une boule de Noël transparente.

- Reprenez la célèbre photo des chaussures d'adultes à côté des petits chaussons, mais ajoutez une paire de chaussons de bébé en plus.

- Faites une photo de couple, les mains du papa posées sur le ventre de la maman, qui tient dans ses mains un gros « 2 » gonflable.

- Offrez un œuf en plastique avec deux papiers à l'intérieur. Sur le premier, écrivez : « Prévu pour + *mois de naissance* », sur le second : « Moi aussi ! »

- Prenez une photo de vous deux et ajoutez 1 + 1 = 4… et attendez les réactions !

- Portez fièrement un tee-shirt avec quatre petits pieds de bébé dessinés !

- Prenez une photo de votre ventre avec vos deux mains qui forment un cœur, et celles du papa qui en forment un autre.

- Offrez *deux* pots de café à chaque future grand-mère.

- Sur papier blanc, posez votre empreinte digitale à l'encre, ajoutez le signe « + », puis celle de votre mari. Écrivez vos prénoms sous l'empreinte correspondante. Ajoutez le signe « = » et, à la place du résultat, entrelacez vos empreintes pour former un cœur sous lequel vous ajouterez « 1 » et « 2 », avec la date de naissance prévue en dessous.

- Avez-vous déjà vu la photo avec une grande épingle à nourrice et une autre déformée contenant une mini-épingle ? Il suffit de déformer un peu plus la seconde et de mettre deux petites épingles à l'intérieur !

TOP 10
des pires réactions des gens

Les gens ont toujours un avis sur tout. Tout le temps. Et tout le monde connaît une cousine, une copine ou la boulangère de l'oncle de sa coiffeuse qui a eu des jumeaux. Donc, des phrases bateau, vous allez en recevoir en pagaille. Des conseils, à la pelle. Et des conneries, beaucoup aussi ! Voici un petit florilège.

1 « Oh, des jumeaux ? Bon courage, hein ! Deux fois plus de boulot en perspective !

(Bah tiens, genre j'y avais pas pensé !)

2 « Des jumeaux ? Mais c'était mon rêve ! »

(Moi je rêvais de vacances aux Seychelles, on échange ?)

3 « Han, mais comment vous avez fait ? »

(Alors si tu veux tout savoir, au début, on s'est mis en missionnaire, mais après, on a changé et...)

4 « Et donc, c'était voulu, d'avoir des jumeaux ? »

(Absolument. On ne s'entraînait que pour ça ! Les petits gars, ils étaient en mode GI Jumeaux.)

5 « Comment vous allez faire pour les distinguer ? »

(On compte en tatouer un sur le crâne à la naissance.)

6 « Punaise, moi, j'aurais jamais pu. »

(En fait, nous, on n'a pas eu le choix.)

7 « Vous en prenez pour 18 ans, là ! »

(Parce qu'avec deux enfants d'âges rapprochés, la peine aurait été raccourcie ?)

8 « Dis donc, c'est un *winner* ton mec, pour avoir réussi à t'en coller deux d'un coup ! »

(Avant de féliciter les spermatozoïdes de compétition de mon mec, renseigne-toi un peu ! C'est grâce à mon ovule que les jumeaux sont « créés ».)

9 « Mais comment vous allez gérer ? »

(On comptait t'embaucher bénévolement pour nous donner un coup de main...)

10 « Bon, bah au moins, ça, c'est fait ! »

(Eh ouais !)

CES PHRASES
que vous auriez aimé entendre

A contrario *des réactions pourries vues précédemment, il y a ces phrases que vous auriez aimé entendre. On les a listées ici, histoire que, peut-être, ça serve un jour à quelqu'un !*

- « Vous allez y arriver ! »
- « Whaou, génial, tu es extraordinaire !... Et je viendrai t'aider toutes les nuits ! »
- « C'est difficile au début, mais vous allez voir, c'est aussi du bonheur multiplié par deux. »
- « Tout va bien se passer. »
- « La grossesse, c'est du gâteau, c'est après que ça pique ! Mais ça passe... *Step by step (ouh babe) !* »
- « Faites-vous confiance, ne vous mettez pas la pression, vous allez gérer ! »
- « Magnifique, vous allez voir, quelle belle aventure ! »
- « Je sais, c'est un choc. Ça porte un nom, le choc gémellaire. C'est normal d'être paniqués, de ne plus les vouloir, etc. Mais ça va le faire. »
- « Je ne peux pas vous dire de ne pas vous inquiéter, mais on est là et vous êtes forts, ça va rouler quand vous aurez trouvé votre rythme, et on sera là de toute façon ! »
- « N'hésitez pas à demander de l'aide ! »
- « Il existe des associations si vous avez des questions, craintes... »

Cette page est volontairement blanche
en hommage à tous ces parents qui, à l'annonce
de leur grossesse gémellaire, ont été soufflés par
le choc, ont transpiré, ont mis plusieurs minutes
(ou mois) à réaliser qu'il y avait deux bébés en
route, ont paniqué ou se sont réjouis, ont senti le
sol se dérober sous leurs pieds ou ont sauté de joie,
en imaginant toutes les émotions, joies, fatigue,
galères, nuits courtes, biberons et couches sales...
doubler à l'avenir !

Une minute de silence
en pensant très fort à eux, merci !

Les avantages
et les inconvénients à être enceinte de jumeaux

Oui, on se répète : c'est une aventure incroyable qui présente de nombreux avantages ! Mais, oui, comme chaque situation avantageuse, elle présente également des inconvénients... Alors voici les avantages des inconvénients, ou les inconvénients des avantages. Ne retenez évidemment que le positif, et préparez-vous à laisser parler les gens !

- Si vous détestez être enceinte, au moins, en une seule fois, vous en aurez deux ! Ce qui est fait n'est plus à faire, n'est-ce pas ?

Bon, en revanche, si vous adorez ça... dites-vous que la prochaine fois, ils seront peut-être deux, encore une fois ! (Et là, ça calme un peu !)

- Au bout de 4 mois de grossesse, devant la taille de votre ventre, tout le monde vous laissera passer devant en caisse prioritaire, de peur que vous ne perdiez les eaux dans le supermarché.

En revanche, au bout de 4 mois de grossesse, tout le monde vous demandera si vous devez accoucher bientôt, avec des yeux effarés si vous donnez votre date prévue d'accouchement. (Un conseil, si vous ne connaissez pas ceux qui posent la question, répondez que c'est prévu pour le lendemain !)

- Vous pouvez très vite utiliser votre ventre comme table portative, c'est très pratique quand on regarde des séries pour ne pas avoir à atteindre la table basse.

Bon, en fait, vous êtes obligée d'utiliser votre bidon comme d'une table d'appoint, dans la mesure où une fois dans le canapé, il faut un treuil pour vous relever.

- Si vous êtes du genre stressée, vous aurez la « chance » d'être médicalement très suivie.

Oui, bon, un peu trop en fait ! (« Oh, les gars, mon vagin, c'est pas la grotte de Lascaux ! »)

- Tout le monde va vous regarder d'un air épaté. Pendant 8 mois, c'est vous la star !

Mais tout le monde aura son mot à dire, parce que tout le monde connaît des jumeaux, même de loin.

LES PLUS GRANDES PEURS
des parents à l'annonce de jumeaux

On a demandé sur les réseaux sociaux quelles étaient les plus grandes peurs des parents à l'annonce de cette grossesse gémellaire. Voici les réponses qui sont revenues le plus souvent.

- Ne pas pouvoir assurer financièrement (matériel, voiture, maison, poussette...).
- Que la grossesse se passe mal.
- Que les bébés soient prématurés.
- L'accouchement.
- Les nuits, la fatigue et le manque de sommeil à venir.
- Prendre trop de poids !
- Aider les aînés à trouver leur place sans qu'ils se sentent exclus.
- Devoir gérer deux bébés à la fois.
- Réussir à les différencier.
- L'organisation à mettre en place.
- Ne pas avoir assez de temps pour chacun.
- Ne plus avoir de vie de couple.
- Ne pas pouvoir allaiter.
- Enfermer les enfants dans « le rôle » de jumeaux.
- En aimer un ou une plus que l'autre.

Finalement, sur plus de 150 réponses, ce sont les mêmes qui reviennent.

Conclusion : non, vous n'êtes pas seuls !

CHAPITRE 2

SE PRÉPARER, S'ÉQUIPER, S'INFORMER

Pour être au taquet

Une fois le premier trimestre passé, lorsque vos ventres (bah oui, grossesse pour l'une, couvade pour l'autre !) commencent à ressembler à celui de votre copine qui doit accoucher la semaine prochaine, vous allez devoir penser à vous préparer, vous équiper et vous informer. Vous avez déjà lu, au premier chapitre, quelques informations capitales, mais maintenant, on va entrer dans le concret. Que faut-il vraiment acheter ? Comment vous préparer à affronter le tsunami qui va bientôt emporter votre portefeuille ? Comment gérer les aînés, tout au long de la grossesse ? Que mettre dans la valise de maternité ? Autant de questions (et bien plus encore) qui ne vont pas tarder à vous empêcher de dormir. Heureusement, dans les pages suivantes, vous trouverez toutes les réponses que vous attendez (et hop ! ça vous offre quelques heures de sommeil supplémentaires et ça, ça n'a pas de prix !).

— SPÉCIAL FUTURE MAMAN : —

prendre soin de soi avant la déferlante

« Repose-toi. » « Prends soin de toi. » Vous allez y avoir droit régulièrement. Facile à dire quand les nausées ne se tarissent jamais tout à fait, que vous ne savez pas comment vous placer sur le matelas pour réussir à dormir et que des questions inédites envahissent votre cerveau au beau milieu de la nuit ! Voici quelques conseils à suivre qui vous permettront de vous sentir plus sereine et un peu mieux dans votre corps.

Le massage

Certaines sages-femmes ont une formation spécifique dans le massage des femmes enceintes et, parole de scout, c'est le bonheur ! Vous pouvez aussi vous faire offrir un (ou des ?) massage (toujours « spécial femmes enceintes ») pour la simple et bonne raison que vous le méritez, n'est-ce pas ?

Les bains ou la piscine

Porter deux bébés, ça bousille le dos. Et l'endroit où l'on se sent le mieux, clairement, c'est dans l'eau. Alors pendant cette grossesse, vous allez le découvrir, le bain/la piscine, c'est la vie ! Finies, les sensations de poids sur la colonne vertébrale, c'est le bonheur à l'état pur. On vous assure qu'après, vous passerez une bonne nuit… (Oui, une nuit de temps en temps, c'est déjà mieux que rien !)

Le coussin d'allaitement/de grossesse

Que vous allaitiez ensuite ou non, on s'en fiche, l'important, c'est qu'il va vous aider à DORMIR ! Parce que passer ses nuits à se demander si Tic n'est pas en train d'écraser Tac, ou si vous n'écrabouillez pas les deux sous votre poids, c'est angoissant. Et là, clairement, le coussin d'allaitement va vous sauver ! Il en existe de toutes les tailles, et surtout des immenses qui épousent le ventre, les jambes, la tête… LA TOTALE ! C'est un indispensable pour les grossesses gémellaires, et c'est l'un des rares accessoires de maternité qui peut servir très longtemps après la grossesse.

Les bas de contention

Bon, OK. Là, vous ne voyez pas trop le confort, mais plutôt le côté pas vraiment « Kevin, mets des paillettes dans ma vie », mais ayez confiance en nous : si vous faites de la rétention d'eau, ils vont devenir vos meilleurs alliés.

Petit conseil en passant : privilégiez les collants de contention. Cela étonne bon nombre de personnes, mais les bas autocollants qui nous boudinent le cuissot, c'est bien beau, cependant, on préférera les collants pour ne pas avoir à se soucier de s'ils sont en place ou juste en dessous du genou.

Par ailleurs, l'été, ça sera plus pratique, car transpiration + bas autocollants, c'est la mauvaise équation !

La ceinture lombaire spéciale femme enceinte

Non, ce n'est toujours pas glamour. Mais à 6 mois de grossesse, le glamour est parti loin, très loin, et tout ce qui nous intéresse, c'est de ne pas trop souffrir.

Note

Si vous faites partie de celles qui se tapent la totale collants/ceinture, on vous souhaite d'être enceinte en hiver ! Comment ça, vous n'avez pas choisi ?!

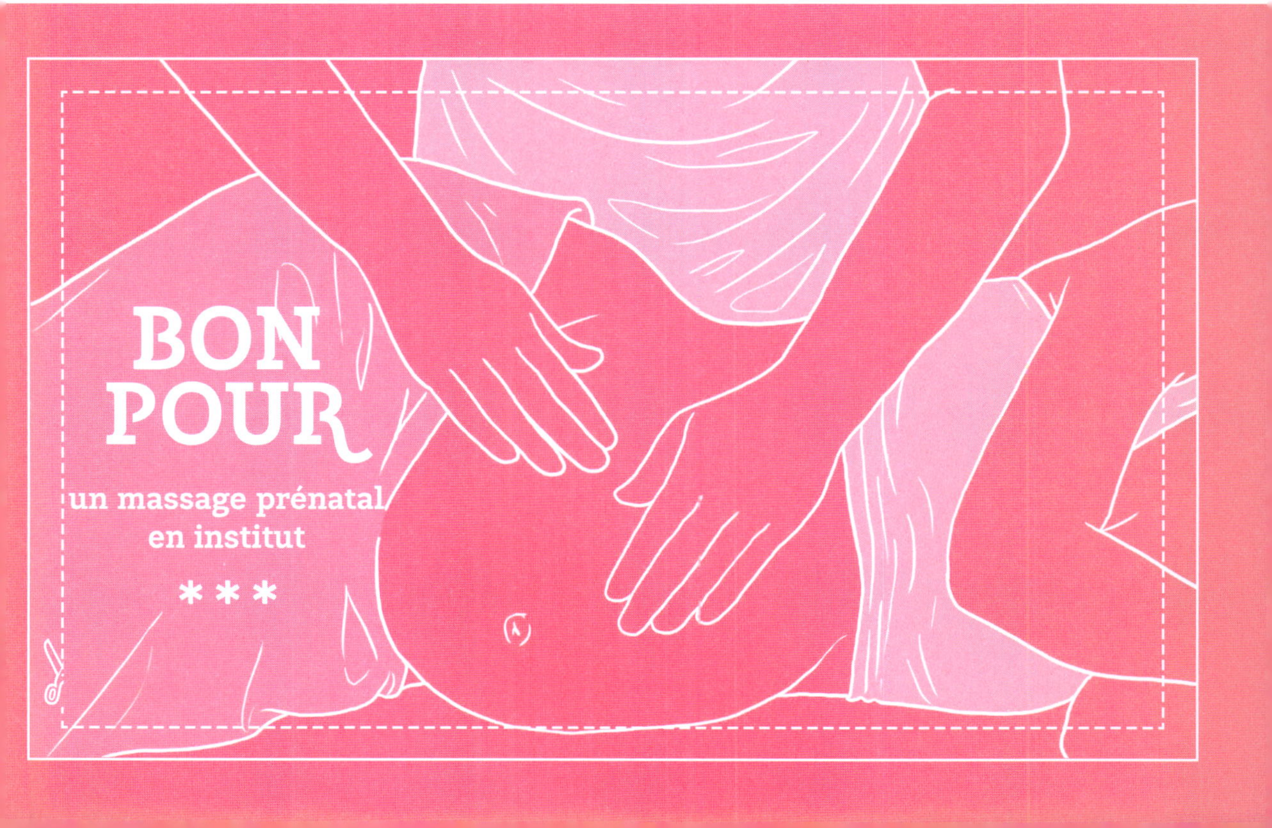

LE STT
et sa surveillance

Connaissez-vous le STT ? C'est la première angoisse des jeunes parents qui attendent des jumeaux. On va donc vous expliquer tout ça sans dramatiser, d'accord ?

À votre avis, de quoi STT est-il l'acronyme ?

☐ Saloperie de tête touffue. À tous les coups, ils vont naître avec la coupe de Tina Turner dans ses plus grandes années. La légende dit que dans ce cas-là, on privilégie la césarienne…

☐ Super-transmission télévisuelle. Ils captent Netflix dans votre utérus. Beaucoup de naissances après terme ont ce syndrome-là. Apparemment, aux États-Unis, des bébés seraient nés à 52 SA, car ils voulaient finir l'intégrale de *Friends* démarrée à 38 SA.

☐ Sabots tout-terrain. Ils quittent leur grotte avec des sabots aux pieds ; les coups dans le ventre sont tout de même bien plus violents que la normale… Bécassine est née avec cette spécificité.

☐ Syndrome du transfuseur transfusé. On ne sait pas trop ce que ça veut dire, mais c'est sûrement ça du coup.

Évidemment, la réponse est le syndrome du transfuseur transfusé.

Il est aussi appelé « syndrome fœto-fœtal » ou « syndrome du vampire »… Sympa, non ?

Avant de vous imaginer dans *Walking Dead*, sachez qu'il ne concerne que les grossesses monochoriales.

Alors, c'est quoi ce syndrome ?

Si vous avez bien suivi, vous savez donc que la grossesse gémellaire monochoriale implique que les deux cordons ombilicaux sont reliés au même placenta et reliés entre eux par des vaisseaux sanguins. Si cela peut n'avoir aucune incidence, parfois (dans 15 à 30 % des cas), les connexions provoquent un déséquilibre des échanges sanguins. En gros, quelquefois, ça cafouille un peu…

Il n'y a aucune explication. Ce n'est pas génétique. Dans ce cas, le sang du jumeau donneur passe dans le sang du jumeau receveur. Il y a donc un transfuseur et un transfusé.

Du fait de ces échanges, le jumeau transfusé subit une surcharge de volume sanguin, qu'il compense en augmentant sa production d'urine, ce qui crée un excès de liquide amniotique.

Le jumeau transfuseur, de son côté, subit une diminution de sa pression sanguine, ce qui entraîne une vessie de petite taille et parfois une anémie. Ce jumeau donneur produit peu d'urine, donc peu de liquide amniotique, et sera donc plus faible et moins gros que son jumeau. Il présente alors un plus grand risque de mortalité *in utero*.

En début de grossesse, le STT, en augmentant le liquide amniotique, développe le risque de fausse couche, car il envoie des signaux biaisés à l'utérus qui pense alors qu'il est arrivé à terme.

Par conséquent, plusieurs choses seront mises en place :

- soit une surveillance accrue de la grossesse pour être sûr que tout cela se développe doucement et ne présente pas de risque vital pour les bébés ;

- soit une intervention chirurgicale qui réparera alors les vaisseaux communs aux deux fœtus et les coagulera à l'aide d'une fibre laser, ce qui drainera le surplus de liquide amniotique pour réguler celui-ci ;

- soit un déclenchement de l'accouchement, selon le terme, afin de mettre fin à cette transfusion.

PLUTÔT CLINIQUE
ou hôpital ?

Si, habituellement, votre plus gros dilemme réside dans le choix cornélien de « Plutôt frites ou potatoes ? Quinoa ou boulgour ? » et que vous avez du mal à vous décider, vous allez voir poindre un grand moment de solitude au moment de la fameuse question : « Clinique ou hôpital ? » C'est à vous et à vous seuls de décider ensemble – sauf cas spécifiques, encore une fois. Pour vous aider, on a dressé une petite liste des avantages et des inconvénients de chacun.

L'HÔPITAL

Avantages

• Il est gratuit ! Et vu tout ce que vous allez prochainement dépenser avec les deux bébés, ça peut être sympa de réfléchir au tarif pris en charge de la clinique *versus* l'hôpital !

• S'il y a une unité de néonatologie ou de réanimation néonatale (renseignez-vous !), en cas de naissance très prématurée, elle deviendra vite indispensable si vous ne souhaitez pas être séparés de votre bébé.

Inconvénients

• La prise en charge est souvent bien moins personnalisée en raison d'un nombre de prises en charge plus élevé.

• Il y a beaucoup d'étudiants et d'internes, ce qui parfois peut entraîner beaucoup de monde autour de vous, y compris le jour de l'accouchement, car ils sont là pour apprendre, et ça passe par l'observation de votre foufoune s'ouvrir pour faire passer vos bébés.

LA CLINIQUE

Avantages

• L'accompagnement est plus personnalisé, l'équipe est restreinte et donc plus « cosy-cocooning » (enfin, c'est pas le Club Med, non plus !).

• Vous pouvez refuser que les étudiants assistent à votre accouchement, donc avoir une équipe bien plus intime ce jour-là.

• Les services proposés en plus sont souvent plus qualitatifs et le nombre de chambres seules est plus grand.

• Vous pouvez être accouchée par votre gynécologue (enfin, s'il est dispo !).

Inconvénients

• Elle est plus chère et pas entièrement prise en charge par la Sécu.

• Il n'y a bien souvent pas de service réa en cas de naissance avant 34 SA

Cas particulier

Vous pouvez, si vous le souhaitez, être suivie à la fois à l'hôpital et en clinique ! Oui, c'est possible, un peu comme si vous aviez le burger ET les nuggets, quoi.

Effectivement, vous pouvez demander un suivi double/alterné pour les grossesses gémellaires, notamment pour celles qui veulent absolument être en clinique, mais qui ont une grossesse trop risquée sur le papier. Vous serez alors suivie par votre gynécologue en clinique (c'est bien souvent LA raison de cette particularité) et par l'hôpital en alternance.

Ainsi, en cas de naissance avant 34 SA, vous vous orienterez vers l'hôpital pour accoucher, où votre suivi sera déjà fait et où vous connaîtrez les lieux... Et une fois ce terme dépassé, vous irez accoucher tranquillement dans votre clinique, qui sera entièrement capable de vous prendre en charge à partir de ce terme.

LES RISQUES
de prématurité

Encore une fois, les risques de prématurité ne sont pas propres aux grossesses gémellaires et toutes les grossesses gémellaires ne se terminent pas en accouchement prématuré, mais il est vrai que les futures mamans enceintes de jumeaux accouchent plus souvent avant le terme. C'est d'ailleurs l'une des principales angoisses des futures mamans de jumeaux lorsqu'on leur annonce la grossesse gémellaire.

Pourquoi des risques de prématurité plus élevés ?

Parlons peu, parlons utérus. L'utérus étant beaucoup plus rapidement distendu, en raison du poids de deux bébés, les contractions sont souvent précoces (et douloureuses, désolées). Le col de l'utérus risque donc de se dilater plus tôt.

Bon à savoir : un utérus qui se dilate plus tôt ne donne pas systématiquement une naissance prématurée.

Comment prévenir les risques de prématurité ?

En vous reposant au maximum, en ne portant rien de lourd et en acceptant que la position allongée soit celle dans laquelle vous passerez la majorité de votre temps.

Une bonne excuse pour en profiter

- Mettez à contribution votre entourage pour porter vos courses. « Moi, je porte déjà deux fois la vie ! »

- Dirigez le montage des meubles et l'aménagement de la chambre par Chéri d'Amour qui est siiiiiii fort. « À gauche, le gros meuble suédois. Non, à droite. Oh, en fait à gauche, c'était bien. »

- Faites-vous bichonner. Oui, aller chercher ce verre de jus d'orange dans la cuisine vous demanderait trop d'efforts, et alors ? On le redit, que vous portez la vie fois deux ?

- En revanche, le massage des pieds, ça, ça va vraiment vous aider (personne n'est censé savoir que ce n'est pas tout à fait vrai !).

Note

En cas de risque d'accouchement prématuré, l'hospitalisation peut toutefois être conseillée. Ne le prenez pas comme une punition, mais comme un moyen de vous reposer encore mieux. (Mais alors faites-vous livrer des plats tout prêts !)

— DE QUOI —
avez-vous vraiment besoin ?

En résumé, ne devez-vous acheter que des produits spécifiques aux jumeaux ? On vous le dit tout net : ne vous laissez pas avoir par les rois du marketing qui vont vous faire croire que vous avez besoin de tout, en double, estampillé « jumeaux ». En puériculture spéciale jumeaux, il n'existe que trois choses vraiment indispensables :

LA POUSSETTE

Clairement, c'est l'achat auquel vous pourrez difficilement échapper, sauf si vous vivez dans une grotte et avez choisi de ne plus jamais en sortir. Et c'est d'ailleurs THE GROS PROJET qui aura un impact sur votre budget et sur lequel vous vous arracherez les cheveux. Voici de quoi vous aider à vous décider :

Les différents types de poussettes

- **La poussette-canne**

C'est une poussette de dépannage, c'est vraiment « la base » avec des suspensions moins importantes et un confort bien moins présent. Les roues sont plus petites et donc *exit* les chemins/les pavés/les routes abîmées.

Et, surtout, c'est une poussette 2e âge (on privilégie le face à la route à partir de 12 mois normalement).

Nos préférées : Cosatto avec ses cannes doubles colorées ou la Nano duo de Mountain Buggy.

- **La citadine**

Elle est compacte, avec des roues plus adaptées aux pavés.

Nos préférées : la Book for Two de Peg Perego, ou la Evalite Duo de Joie.

- **La tout-terrain**

Celles-ci sont des *all inclusive*, avec lesquelles vous pourrez aller partout quoi qu'il arrive. Elles sont moins compactes, mais tellement plus confortables ; vous trouverez plaisir à conduire sur les pavés, le bitume, les cailloux et parfois même la plage !

Nos préférées : la Donkey 2 Twin de Bugaboo, la Duet de Mountain Buggy, les Phil&Teds...

Et la configuration alors ?

C'est ce qui fait toute la différence des poussettes doubles !

- **Les « dessus-dessous »**

Les dessus-dessous ont l'avantage d'être plus fines que les poussettes « côte à côte » et moins longues que les poussettes « en ligne ». Cependant, il faut bien faire attention : la plupart des dessus-dessous sont prévues pour les enfants rapprochés et ont la spécificité de se transformer en poussette simple. Sur le papier, c'est top, mais il faut bien vérifier que les deux sièges sont de même grandeur, car on peut vite se retrouver avec un siège trop petit pour l'un des deux bébés lorsqu'ils auront grandi. Et vous n'avez pas envie de racheter une poussette tout de suite, n'est-ce pas ? Voilà.

Nos préférées : la Peach iCandy, ou la UPPABaby.

- **Les « en ligne »**

C'est-à-dire celles qui ne sont pas dessus-dessous, mais à la même hauteur. On va par exemple retrouver la Evalite Duo de Joie.

C'est plutôt cool, car il n'y a pas de sentiment de « celui du dessous qui est puni », mais ce n'est pas pour autant que le bébé voit mieux le paysage, puisque devant lui se trouve le siège de son frère ou sa sœur. On va surtout perdre en maniabilité, car plus les poussettes sont longues, moins elles sont... maniables.

- **Les « côte à côte »**

Pour avoir testé une vingtaine de poussettes doubles, c'est vraiment notre configuration préférée. C'est celle qui est la plus agréable pour les parents, car la maniabilité est bien meilleure, et pour les enfants, car ils n'ont absolument rien qui obstrue leur champ de vision.

Dernières astuces « poussettes »

· Ne prenez pas de duo/trio/quadruo.

· Achetez les coques pour la voiture séparément : la plupart des grandes marques de sièges auto proposent des coques qui s'adaptent sur les poussettes. Ainsi, vous pouvez mettre une coque Joie sur une poussette iCandy, ou encore une Bébé Confort sur une Bugaboo, etc. Le plus important est de checker les crash-tests des coques avant de choisir la bonne (il existe un site génial pour ça : securange.fr).

Et quand vous avez deux fois 15 kg à pousser (sans compter le poids de la poussette !), une bonne tout-terrain côte à côte, on vous l'assure, c'est *the best !*

Nos préférées : la Donkey 2 Twin de Bugaboo, la Duet de Mountain Buggy, la Book for Two de Peg Perego...

LE PARC

Si on pouvait l'éviter pour un seul bébé, pour deux, c'est juste impossible. Parce que clairement, vous faites quoi du second quand vous changez la couche du premier ? Héhé !

Notre conseil : le Quax & Childwood.

Note

Pour les parcs surélevés, il faut bien faire attention à prendre un parc « spécial jumeaux », car le poids maximal d'un parc classique est de 15 kg et, bon, les bébés peuvent rapidement faire 7,5 kg chacun et on se retrouve embêtés. Le parc spécial jumeaux sera en plus un peu plus grand (peu de marques en font malheureusement...).

LE PORTE-BÉBÉ

Il existe des porte-bébés doubles, à utiliser surtout pour les premiers mois, parce qu'après, votre dos ne vous remerciera pas !

Et pour le reste, c'est YOLO ! Comme pour un seul enfant, mais on achète en double. Votre portefeuille va être ravi !

— LES VÊTEMENTS —
de jumeaux : comment on gère ?

Encore une fois, chacun voit midi à sa porte. Il y a la team *« Trop choux mes petits bouts dans des vêtements similaires ou coordonnés » et la* team *« Donnons-leur une individualité propre dès la naissance ».*

Évidemment, si vous attendez une fille et un garçon, là, à part pour quelques fringues, il n'y a pas de question à se poser, à moins que vous ne vouliez absolument les coordonner. Cependant, laissez-nous vous dire deux ou trois choses issues de notre expérience :

- Les fringues, même minuscules, ça coûte cher. Ça serait dommage de vous endetter à vie pour des habits sur lesquels ils vont régurgiter au bout de 12 minutes.

- Il y a les principes et la théorie. Au départ, vous allez coordonner, c'est trop mignon, regardez, super... Et puis vous serez fatigués (les nuits sont courtes quand on a des bébés !). Et au final, vous ferez comme les autres : vous irez piocher dans la corbeille de linge propre une fringue pas trop petite. Tant pis pour la coordination, vous verrez ça plus tard !

- Si vous n'avez pas la chance d'avoir des frangins, cousins, amis... qui peuvent vous refiler des cartons de fringues, dirigez-vous vers les sites de revente en ligne. Vous ferez de sacrées économies.

- Pour les tenues coordonnées, laissez les grands-parents gâter leurs petits-enfants !

- Pour la quantité, oui, il faut un peu de stock, mais ne vous enflammez pas. Les bébés grandissent vite ! Évitez d'acheter trop de taille prématurée, au cas où ils n'auraient jamais besoin d'en porter, et ne stockez pas trop en avance.

- Enfin, faites-vous plaisir sur deux ou trois tenues, parce que quand même, vous avez le droit !

Quant au fait de coordonner ou non, si vous voulez en savoir plus, c'est page 113.

La bonne astuce d'Élodie, maman de jumeaux

« Pensez à vous rapprocher d'une association Jumeaux et plus qui prête des vêtements. Ça vaut pas le coup de tout acheter dans chaque taille et vous ferez des économies ! »

RIP

LE TEMPS DE COORDONNER LES VÊTEMENTS

ON STOCKE
ou on stoppe ?

De façon pratique : lors du premier mois de vie des jumeaux, vous donnerez entre 360 et 420 biberons et changerez quelque 450 couches. On vous laisse refermer la bouche et imaginer qu'il peut être rassurant de stocker, surtout pour les jeunes parents stressés qui ont besoin d'une organisation quasi militaire pour avoir le sentiment de gérer. Mais, encore une fois, chacun fait fait fait, c'qui lui plaît plaît plaît... et surtout comme il peut peut peut (pardon, on était à fond dans la chanson). Cela dépend déjà forcément de la place que vous avez, parce qu'avec l'arrivée de deux bébés, des lits, du parc, de la poussette double et des 65 doudous que vous allez recevoir en cadeau, il vaut mieux avoir de l'espace !

Ne stockez pas **le lait en poudre**. Un bébé est imprévisible et peut avoir besoin de changer de lait pour X ou Y raison... Les pharmacies et grandes surfaces ne reprennent pas les boîtes de lait sans ticket de caisse (et parfois même avec, elles ne les reprennent pas), alors ce serait dommage de se retrouver avec quatre boîtes de lait à 15 euros l'unité sur les bras... Mieux vaut donc les acheter deux par deux. En plus, il est possible que vos bébés ne boivent pas le même lait !

Allez-y mollo sur **les biberons**. N'achetez pas dix biberons d'une seule et unique marque, parce que le bébé de la filleule de la voisine les adore ; attendez que VOS bébés les testent. Les biberons sont vraiment propres à chaque enfant. Il en existe plein de différents, en verre, en plastique, droits, courbés... Commencez avec deux, et si tout va bien, complétez le stock. Et s'il ne convient pas, on ne change pas le biberon complet, NON, juste la tétine ! C'est beaucoup plus économique et elles s'adaptent souvent à différents biberons !

Pour **les couches**, en revanche, vous pouvez y aller ! On ne se rend pas compte de tout ce que l'on peut utiliser avec deux bébés ! C'est plus simple de stocker, car ils ne changeront pas de taille du jour au lendemain. Cependant, comme ça prend de la place, si vous le pouvez/voulez, privilégiez l'abonnement ; vous recevrez les couches chaque mois et basta. Plusieurs marques proposent cette formule, à vous de comparer !

Autres petites choses à stocker sur deux ou trois mois pour vous simplifier la vie : le sérum physiologique, du coton, du liniment ou des lingettes.

Pour le reste, c'est à votre bon vouloir et surtout selon la place dans les placards !

LA VALISE
de maternité

Ahhhhh, cette fameuse valise de maternité ! Avouez que c'est le petit côté excitant qui rend peu à peu concrète l'arrivée des bébés. Mais vous allez voir que ça peut vite devenir un vrai casse-tête !

La valise des bébés n'est pas différente d'une valise de maternité classique, mais, évidemment, elle est deux fois plus remplie !

Listing (on vous a mis des cases pour que vous puissiez cocher !) :

☐ 10 pyjamas taille naissance (dont quelques-uns en taille préma si Masha et Michka sont annoncés petits ou déclenchés).

☐ 10 bodies en taille naissance (ou préma ou 1 mois, selon les poids annoncés) (mais ne vous fiez pas trop non plus aux poids annoncés…).

☐ Des langes (ou des bavoirs, selon ce que vous pensez être le plus pratique).

☐ 10 paires de chaussettes, des fines ou des épaisses selon le moment où vous accouchez.

☐ 6 gilets (s'ils vomissent dessus, mieux vaut en prévoir 5 au cas où).

☐ 2 bonnets en coton (en plus de celui qui est déjà présent dans la valise pour la salle d'accouchement) (ça devrait suffire, on vomit difficilement sur son bonnet !).

☐ 2 paires de chaussons.

☐ Des tétines (à voir selon vos convictions, mais mieux vaut les prévoir plutôt que de pleurer si vous n'en avez pas !).

☐ Vos papiers administratifs (carte de groupe sanguin, échos, fiches de renseignements, etc.).

Astuces

Prévoyez chez vous, en évidence, des piles de bodies/pyjamas/gilets classés par taille : si vous avez besoin d'ajuster les quantités ou les tailles, quelqu'un de votre famille pourra passer les récupérer pendant que vous admirez votre douce progéniture.

LA VALISE de maman

Elle ne change en rien d'une valise de maternité « classique », cependant, ça ne fait pas de mal de revoir les bases de temps en temps, n'est-ce pas ?

Pour commencer, on est désolées de vous annoncer ça entre les chaussons tout mignons et la douce félicité de votre nouveau bonheur, mais concrètement :

oubliez les jeans, surtout ceux d'avant-grossesse (hahahahaha !).

Il faut vraiment privilégier les tuniques amples et les leggings – surtout en cas de césarienne, les leggings de grossesse seront parfaits pour ne pas appuyer sur la cicatrice (vous nous remercierez).

À glisser dans la valise :

- Des culottes en coton premier prix. Oui, les culottes filet, ça va deux secondes... Privilégiez les culottes pas chères en coton une taille au-dessus, et voilà ! Elles seront bien plus confortables et ça ne sera pas un vain achat... (On parle du retour de couches ou pas ?!)

- 3 pyjamas confortables (et qui s'ouvrent facilement si vous allaitez).

- De magnifiques serviettes hygiéniques XXL comme on les adore... (Ouais, bon, personne n'aime ça, mais va falloir y passer, hein). Évitez les « culottes de règles », gardez-les pour vos prochains cycles. Juste après l'accouchement, elles ne seraient pas assez absorbantes. Voyez grand, voyez large, voyez XXL !

- Des serviettes de toilette sombres, exit le blanc qui finira rouge (on préfère vous prévenir...), le noir, c'est parfait !

- Du papier toilette ! Oui, oui, il est fourni à la maternité, mais si vous tombez sur du papier rêche alors que vous avez eu une épisiotomie, promis, vous repenserez à ce moment où vous avez lu ces lignes et vous brûlerez un cierge en notre honneur !

- Votre sèche-cheveux si vous avez une tignasse de lionne ébouriffée.

- Le minimum vital en maquillage pour le lendemain, quand le photographe passera alors que vous serez au bout de votre vie. (À moins que vous ayez l'équipe maquillage de Madonna, auquel cas rayez, on n'a rien dit !)

- De quoi grignoter et boire, car clairement, les plateaux-repas ne sont pas réputés pour avoir cinq étoiles sur TripAdvisor.

• Une petite veilleuse pour la nuit. Les repas des bébés la nuit avec la lumière de la chambre médicale, ce n'est pas ce qu'il y a de mieux... Vraiment, on a connu plus cocooning comme ambiance. Donc une petite veilleuse transportable, c'est top !

Et pour les mamans allaitantes :

• Tisanes, lanoline, soutiens-gorge d'allaitement...

Le sac en salle d'accouchement

• 2 tenues de naissances complètes pour les bébés (body, pyjama, gants, chaussons, bonnet, gilet).

• De la monnaie pour le distributeur. Ne rêvez pas, si vous optez pour la péridurale, ça ne sera pas pour vous, mais pour votre conjoint·e.

• Des gâteaux (c'est mieux, si vous ne voulez pas vous ruiner dans le distributeur, justement).

• Un brumisateur, ce truc qui vous sauvera la vie quand vous n'aurez pas le droit de boire et que vous direz à votre conjoint·e : « Vise la bouche, j'ai soif ! »

• De grosses chaussettes pour VOS pieds (il n'y a rien de pire que d'avoir les pieds gelés quand on repose déjà cul nu devant toute une équipe médicale) (bon, si, il y a l'épisiotomie qui est pire, mais quand même !).

• Un chargeur de téléphone ! Ben oui, va falloir prévenir toute la famille après et ce serait dommage de ne plus avoir de batterie parce que vous avez trop regardé *Les Anges de la téléréalité* en replay pendant le travail...

• De quoi vous occuper si c'est long (magazines, écouteurs, Puissance 4, tout ce que vous voulez). Ça, c'est si vous n'avez pas de 4G ou plus de batterie.

• 2 gigoteuses/couvertures (ah oui, c'est vrai, faut encore des trucs pour les bébés...).

Et basta !

Au pire, s'il manque des trucs, on avisera... Enfin « on », votre conjoint·e, quoi, car vous, vous ne pourrez pas franchement aller récupérer vos affaires chez vous ou acheter des trucs supplémentaires pendant votre séjour à la maternité.

PRÉPARER LES AÎNÉS

Bonne nouvelle pour ceux et celles qui n'ont pas encore d'enfants : vous pouvez vous rendre directement à la page xx, tout ce qui va suivre ne vous concerne pas. Enfin... Allez, lisez quand même, histoire de voir à quoi vous échappez ! Pour les autres : vous êtes des superhéros. Vous avez donc déjà un (ou plusieurs) enfant(s), et au lieu de binge-watcher sur Netflix, il faut que vous vous en occupiez et, surtout, à ce stade, que vous commenciez à le(s) préparer au grand changement : l'arrivée de DEUX bébés ! Si ça vous bouleverse déjà, imaginez ce qui se passe dans la tête d'un jeune enfant... Oui, il va falloir l'aider à accepter la situation tout en lui rappelant que ce ne sont pas des baigneurs en plastique qui vont débarquer !

Heureusement que vous avez ce guide entre les mains !

Si les premiers enfants sont ados, ils devraient pouvoir vous aider (dès qu'ils auront arrêté de fusionner avec le canapé qui, rappelons-le, est POUR VOUS !).

S'ils sont petits, c'est parti pour les « Comment on fait les bébés ? » et les « C'est quand qu'ils arrivent ? » en mode départ en vacances en voiture (sauf que ça met plus de 10 heures dans le cas des nouveau-nés !).

Pour les plus jeunes, peu d'albums de jeunesse existent pour parler de l'arrivée de deux bébés. On a quand même trouvé quelques spécimens après avoir fait moult recherches :

- *Croquette devient grand frère* d'Armelle Renoult et Claire Frossard (Auzou), dans lequel la maman met au monde plusieurs bébés en une seule fois. (Même Octomom, à côté, elle peut aller se rhabiller) ;
- *Le Livre de ma naissance, ou comment on fait les bébés* d'Anne Kalicky et Amélie Graux (Gründ), un livre sur la grossesse et son déroulement qui aborde les jumeaux aussi.

Bien sûr, il faudra compléter ces lectures par beaucoup de dialogue avec vos enfants, répondre à leurs questions et les faire participer.

L'arrivée d'un bébé chamboule un emploi du temps, alors l'arrivée de deux bébés... Il faudra expliquer simplement (et régulièrement !) qu'il va falloir être plus patients avec l'arrivée des petits, et privilégier des moments en tête à tête, sans les bébés donc, avec les plus grands pour ne pas les léser.

Le côté positif, c'est que si vous avez un enfant avant d'avoir vos jumeaux, vous passez en famille nombreuse, donc vous avez le droit à une aide de la Caf ! Par conséquent, quelqu'un peut venir à moindre coût chez vous pour garder vos bébés et même s'occuper un peu de la maison pendant que vous profitez de votre/vos aîné(s). Plutôt pas mal, non ?

Sinon, n'hésitez pas à solliciter toute personne susceptible de vous soulager quelques heures le temps de partager un cinéma, un après-midi au parc ou juste un goûter en tête à tête. Ce n'est pas la quantité qui compte, mais bien la qualité (enfin, 3 minutes le temps d'un pierre-feuille-ciseaux ne suffit quand même pas, même si c'est déjà un début !).

Impliquez également vos enfants dans le quotidien des bébés. S'il n'est pas prudent de leur laisser changer les couches ou choisir le prénom (à moins que vous vouliez absolument appeler vos jumelles Elsa et Anna ou vos jumeaux Sven et Olaf !), d'autres choses sont possibles : partager un bain, les faire participer aux repas ou à un moment de jeu, c'est à la fois passer du temps avec eux et les responsabiliser.

Ce n'est pas toujours simple, mais promis, ça portera ses fruits et apaisera les peurs des plus grands.

20 QUESTIONS D'AÎNÉS

Si certaines questions sont les mêmes dans le cas d'un ou de plusieurs bébés, il y en a d'autres qui vont vous faire uriner de rire (oui, pardon, on n'a pas parlé du périnée de maman, mais vous avez déjà dû remarquer qu'il faiblissait !).

1 « Mais pourquoi ils sont deux ? »
(Crois-moi, nous aussi, on s'est posé la question.)

2 « Ils vont dormir où ? »
(Sur mon estomac et sur ma vessie, apparemment.)

3 « Je peux aller les voir dans ton ventre ? »
(T'as pas l'impression que c'est déjà assez le bazar là-dedans ?!)

4 « Pourquoi eux, ils ont le droit de rester dans ton ventre et pas moi ? »
(Parce que c'est l'hiver, j'ai pas le droit de les déloger.)

5 « On pourra les appeler Samy et Scoobi ? Ou Masha et Michka ? »
(On préférait Tic et Tac, mais faut voir.)

6 « Mais ils font caca dans ton ventre, là ? »
(Laisse tomber, ils se sont crus chez eux.)

7 « Comment ils mangent, dans ton ventre ? »
(Ils récupèrent ce que je mange, tiens, donne tes chocolats à tes frères, merci !)

8 « Mais ils vont sortir par où ? »
(Ne riez pas, on en connaît une qui pensait très sérieusement que les bébés sortaient par les fesses.)

9 « Comment ils sont rentrés dans le ventre de maman ? »
(Alors tu vois, papa a planté une petite graine et ensuite il a poussé fort avec euh... Nan, c'est la cigogne.)

10 « On gardera les deux ou juste un seul ? »
(On te laissera choisir, chérie.)

11 « Ils vont rester avec nous pour toujours après ? »
(Jusqu'à leur majorité *a priori*.)

12 « On peut choisir si c'est une fille ou un garçon ? »
(Ce sera une surprise, par contre, y aura pas de hamster.)

13 « Je serai obligé de leur prêter mes jouets ? »
(Non, t'inquiète, ils se serviront tout seuls.)

14 « Il est où, moi, mon jumeau ? »
(Si tu dors, tu le verras peut-être dans tes rêves. Allez, au lit !)

15 « Et pourquoi je n'ai pas de jumeau, moi ?
(Souvent suivi d'une crise existentielle parce qu'il veut un jumeau lui aussi maintenant.)

16 « Euh, non, j'ai pas envie en fait, vous pouvez annuler la commande ? »
(J'appelle le SAV, mais je ne te promets rien.)

17 « Je peux regarder *Peppa Pig* plutôt ? »
(Oui, les six prochains mois.)

18 « Mais ce sera deux fois le même bébé ? »
(Oui, l'un est la doublure de l'autre.)

19 « Et mamie, ce sera aussi leur mamie ? »
(J'espère bien, sinon qui les gardera pour qu'on se fasse des soirées en amoureux ?!)

20 « Est-ce que vous m'aimerez toujours ? »
Et là, c'est le moment de dire que le cœur des mamans et des papas grandit à chaque nouvel enfant pour offrir autant d'amour à chacun.
(Love, cœur avec les doigts et gros câlin.)

LE JEU DU PRÉNOM DE FILLE

Le premier prénom qui vous saute aux yeux est le bon !
Vous pouvez créer un prénom composé avec un deuxième.

D	I	O	R	J	E	N	N	Y	F	E	R	R	E	B	E	C	C	A	N
U	G	B	X	Z	E	Z	E	T	T	E	M	P	R	A	C	H	E	L	E
M	A	U	R	I	C	E	T	T	E	V	A	N	Q	C	L	A	R	A	F
P	A	T	R	I	C	I	A	S	W	X	C	Y	P	R	I	N	E	G	Q
U	A	S	H	L	E	Y	V	K	Z	B	R	I	G	I	T	T	E	T	B
C	T	H	E	L	M	A	L	B	A	N	E	O	L	E	O	N	I	E	D
B	M	A	R	T	H	E	Y	V	U	C	U	N	E	G	O	N	D	E	T
D	Y	V	O	N	N	E	P	G	E	R	T	R	U	D	E	D	Z	O	E
U	N	U	T	E	L	L	A	N	A	S	T	A	S	I	A	E	U	S	G
S	A	N	A	V	A	N	E	S	S	A	B	C	H	I	E	U	S	E	R
J	E	A	N	N	E	B	M	A	R	G	U	E	R	I	T	E	I	E	Ç
S	N	P	O	U	P	O	U	N	E	P	E	T	U	N	I	A	J	A	B
K	G	S	T	C	O	N	S	T	A	N	C	E	J	K	E	L	L	Y	C
A	D	L	E	I	A	M	A	R	Y	K	A	T	E	J	A	C	K	I	E
O	L	I	V	E	U	V	E	R	O	N	I	Q	U	E	A	N	A	I	S
P	Y	U	S	I	X	T	I	N	E	Y	B	O	N	N	I	E	H	C	C
R	O	M	A	N	E	Ç	G	M	I	R	E	I	L	L	E	U	B	J	J
C	H	L	O	E	J	C	Y	N	T	H	I	A	M	A	R	I	E	Z	M
L	N	L	A	U	R	A	C	A	N	D	I	C	E	Q	T	H	A	I	S
R	T	H	U	N	E	C	I	D	A	V	I	N	A	V	G	U	C	C	I
A	M	E	L	I	E	C	L	E	M	E	N	C	E	D	L	I	L	Y	V
M	L	I	S	E	M	A	R	G	A	U	X	R	O	M	Y	R	O	S	E
G	I	S	E	L	E	N	W	Y	Ç	C	A	M	I	L	L	E	H	Z	S
I	O	S	E	I	L	L	E	K	J	U	I	L	O	N	A	L	E	A	D
J	A	D	E	V	C	L	O	P	A	T	R	E	M	A	N	O	N	N	O
J	G	X	G	A	S	T	R	O	C	L	I	T	O	R	I	S	G	K	I
T	O	L	Y	M	P	E	O	G	B	L	A	E	T	I	T	I	A	G	P
Y	A	E	L	A	M	I	N	A	T	A	C	J	U	L	I	E	T	T	E
Y	Y	C	L	A	I	R	E	A	M	B	R	E	A	U	R	E	L	I	E
G	C	H	A	R	L	O	T	T	E	F	B	E	R	E	N	I	C	E	Ç
E	M	M	A	M	A	R	I	E	N	O	E	L	L	E	L	I	S	E	J
E	L	O	D	I	E	K	K	L	O	U	I	S	E	A	D	E	L	E	Q
S	U	N	P	J	V	A	C	H	E	Q	U	I	R	I	T	A	G	U	O
Ç	S	M	I	A	M	A	N	D	I	N	E	S	A	G	A	T	H	E	P
Z	B	L	A	N	C	H	E	Z	Ç	P	A	U	L	E	T	T	E	W	F

LE JEU DU PRÉNOM DE GARÇON

Le premier prénom qui vous saute aux yeux est le bon !
Vous pouvez créer un prénom composé avec un deuxième.

Z	Z	T	T	H	I	E	R	R	Y	H	E	N	R	Y	X	E	N	Z	O
A	R	T	H	U	R	Y	L	E	A	N	D	R	E	X	H	U	G	O	F
A	B	U	X	E	E	N	G	U	E	R	R	A	N	D	T	R	E	M	I
J	D	I	E	G	O	V	I	C	T	O	R	V	B	O	G	O	S	S	E
G	R	E	G	O	I	R	E	V	A	N	Q	C	R	E	P	I	N	F	X
F	I	A	C	R	E	X	V	I	R	G	I	L	E	I	S	A	A	C	H
X	C	L	O	V	I	S	A	L	B	A	N	C	L	O	T	A	I	R	E
K	P	M	A	X	I	M	E	A	B	D	A	L	L	A	H	P	Z	U	M
J	O	H	N	X	T	Y	P	H	U	S	U	F	B	A	R	N	A	U	D
J	X	W	Y	O	U	S	S	E	F	A	D	A	M	A	R	T	I	N	A
W	G	A	S	P	A	R	D	Ç	F	E	L	I	X	C	K	E	V	I	N
L	O	U	I	S	L	U	K	E	L	O	U	B	O	U	T	I	N	J	A
N	A	N	T	O	I	N	E	M	A	R	C	M	A	M	A	D	O	U	I
S	W	M	E	R	L	I	N	L	E	O	P	O	L	D	C	H	Z	J	A
O	I	J	L	S	T	A	N	I	S	L	A	S	G	A	D	O	L	F	Y
G	R	I	C	H	K	A	M	A	R	I	N	I	C	O	L	A	S	X	I
B	K	D	A	M	I	E	N	N	G	B	M	I	C	H	E	L	M	L	Z
X	Y	N	C	L	A	U	D	E	F	R	A	N	C	O	I	S	X	R	S
R	T	P	Y	O	L	I	V	E	T	O	M	H	T	I	M	E	O	H	Ç
T	R	N	A	T	H	A	N	M	A	T	H	Y	S	C	E	S	A	R	Ç
J	U	L	I	E	N	J	O	S	H	U	A	M	A	T	H	I	E	U	C
I	G	O	R	H	U	S	S	E	I	N	K	G	D	T	H	O	M	A	S
X	T	C	H	O	U	P	I	G	A	L	R	O	M	E	O	U	L	Q	J
F	Y	Q	A	J	U	L	E	S	Ç	M	O	H	A	M	E	D	C	N	V
R	O	G	E	R	A	P	H	A	E	L	G	B	E	R	N	A	R	D	D
R	O	M	A	I	N	S	O	K	Ç	P	P	A	T	R	I	C	K	D	Y
O	K	N	A	L	E	X	A	N	D	R	E	Z	K	E	N	N	Y	R	D
L	N	P	P	H	G	A	B	R	I	E	L	K	C	L	Y	D	E	W	W
U	X	U	Z	M	I	C	H	A	E	L	J	O	R	D	A	N	Z	T	A
K	G	D	U	T	E	R	I	N	L	E	O	N	G	E	O	R	G	E	S
L	U	C	A	S	H	B	O	N	I	F	A	C	E	M	I	L	E	B	Y
H	U	G	U	E	S	S	N	Z	A	A	U	R	E	L	I	E	N	W	P
T	X	W	G	L	U	D	O	V	I	C	T	Z	V	I	N	C	E	N	T
L	E	O	N	O	E	S	A	M	U	E	L	O	I	R	S	A	C	H	A
Y	E	T	H	A	N	O	A	H	A	L	P	H	O	N	S	E	D	U	L

LE CASSE-TÊTE des prénoms !

Vous aviez déjà vu les jeunes parents de votre entourage checker les listes de prénoms, langue sortie et yeux exorbités, en reniflant qu'ils ne trouveraient jamais LE prénom idéal. Et vous, il vous en faut DEUX. Youpi !bébés ! Si ça vous bouleverse déjà, imaginez ce qui se passe dans la tête d'un jeune enfant... Oui, il va falloir l'aider à accepter la situation tout en lui rappelant que ce ne sont pas des baigneurs en plastique qui vont débarquer !

Alors, nous direz-vous, le truc cool, c'est qu'il n'y aura pas de dispute, papa et maman pourront tous les deux avoir le dernier mot (enfin, le choix d'un des prénoms). Mouais. Encore faut-il que les prénoms « se coordonnent » un minimum. Bon, Kevin et Charles-Henri, c'est mignon, mais tout le monde va vous demander pourquoi ces deux prénoms ensemble... Ce à quoi, évidemment, vous pourrez leur répondre, avec un sourire carnassier : « Parce que... »

À éviter (mais encore une fois, c'est vous qui voyez) :

- les prénoms qui, mis ensemble, forment un jeu de mots. Du genre ? Paul et Mickey (mais si, cherchez... polémiquer !) ou Annabelle et Sébastien ;

- les prénoms aux sonorités trop proches ou qui appelleront le même diminutif. Par exemple, Lise et Élise, Léo et Léa, Bastien et Sébastien, Patrice et Patrick... ;

- les prénoms qui, mis ensemble, forment un prénom composé : « Jean, Paul ? » Ils vont finir par croire qu'ils s'appellent tous les deux Jean-Paul, bien joué ;

- les longs prénoms composés, parce qu'il va falloir les appeler : « Eugène-Noël et Étienne-Philibert, qui a fait pipi sur la cuvette ?! » ;

- les prénoms de jumeaux célèbres : Ashley et Mary Kate (Olsen), Gisele et Patricia (Bündchen), Luke et Leia (Star Wars, enfin !), Igor et Grichka (Bogdanoff), Fred et George (Harry Potter, voyons !), Boule et Bill (surtout pour celui qui s'appellerait Boule... Oui, bon, d'accord, ce ne sont pas des jumeaux, mais quand même) ;

- les prénoms qui, mis ensemble, forment le nom d'une personne célèbre : Michael et Jordan, Thierry et Henry, Thierry et Roland, Claude et François, George et Michael, Mireille et Mathieu ou Patrick et Sébastien ou, pire : Émile et Louis (pardon) ;

- les prénoms qui forment des duos connus : Bonnie et Clyde, Véronique et Davina, Jackie et Michel, César et Cléopâtre, Roméo et Juliette, Thelma et Louise, Olive et Tom, Pif et Hercule...

— PENSE-BÊTE —

des choses à faire pendant la grossesse

On préfère vous le noyer tout de suite pour éviter qu'il soit trop tard quand vous vous en rendrez compte. Ceci est un petit récapitulatif des choses à faire absolument pendant la grossesse.

- **Respecter les rendez-vous médicaux :** oui, c'est lourd, il y en a beaucoup, mais faut y aller !

- **Se renseigner sur toutes les aides auxquelles vous avez droit (cf. p. 84) :** ne traînez pas, il faut souvent s'y prendre en avance, voire avant la conception !

- **Réfléchir au mode de garde que vous souhaitez :** crèche, nounou ? Ou préféreriez-vous prendre un congé parental ? N'hésitez pas à faire des simulations sur Internet pour comparer les dépenses et les rentrées d'argent.

- **Faire la demande d'inscription en crèche si vous optez pour ce mode de garde :** bonne nouvelle, la plupart du temps, les jumeaux sont prioritaires.

- **Se reposer :** encore un peu. Si, si, on vous assure.

- **Profiter encore un peu de la vie à deux :** aller au ciné, manger au resto, voir les copains, s'évader et se reposer (ah, on l'a déjà dit ?!).

- **Faire les achats essentiels pour la grossesse et pour les bébés :** profitez-en pour récupérer le matériel de puériculture des copains, cousins et de qui vous pouvez.

- **Se reposer.** (Quoi ?!)

- **Préparer quelques plats à congeler :** ça pourra clairement vous dépanner quand vous sortirez de la maternité, le cheveu hirsute et l'œil hagard, que vous crèverez de faim et que vous n'aurez pas le temps de vous faire à manger.

- **Lire ce guide du début à la fin** et, surtout, ne pas (trop) regarder ce qui se dit sur les forums.

L'ATTENTE !

Nous le savons tous, la fin de la grossesse est souvent interminable... Impatience, excitation, appréhension... Tout cela mélangé, ça donne des semaines parfois épiques pour l'entourage !

Voici un petit top de ce qui trahit à coup sûr la femme enceinte de jumeaux en fin de grossesse :

- **Elle a obtenu son diplôme de médecin par ingurgitation de discussions sur les forums Doctissimo.**
Monozygotes, biamniotique, monochoriale, STT, épisiotomie, césarienne, péridurale, forceps... La femme enceinte est maintenant IN-CO-LLABLE (et elle défonce tout le monde au Scrabble®) ! Limite, elle pourrait accoucher toute seule.

- **Son ventre est prêt à exploser.**
Ça fait trois mois qu'on lui demande si elle est à terme et là, elle peut enfin dire : « Oui, c'est vraiment pour bientôt » !

- **Elle s'est transformée en presque fée du logis !**
Si, ces derniers temps, elle demandait à son amoureux de l'aider car elle était trop fatiguée pour faire le ménage, là, tout est fait ! Enfin, autant que la circonférence de son ventre lui permet, quoi... Vitres, serpillière, aspirateur... Elle a tout essayé pour déclencher quelque chose, n'importe quoi. Le dernier mois, faut que ça bouge et que les bébés sortent, et TOUS LES MOYENS SONT BONS !

- **Elle erre bien trop souvent dans la chambre impeccable de ses futurs bébés.**
On ne sait jamais, des fois qu'un beau tour de lit et trois peluches leur donnent envie de sortir plus vite...

- **Elle est préparée à donf !**
Épilation : check ! Maison nickel : check ! Valises : check !

- **Elle est toujours aux aguets.**
« Ouh... Je crois que j'ai eu trois contractions : ça commence. » « Oh... Je crois que ça pousse... Ah non, en fait, ce n'était pas ça. » « Tu ne trouves pas que mon ventre est plus bas qu'hier ? »

- **Elle a une liste de toutes les légendes urbaines de « comment déclencher l'accouchement soi-même ».**
Manger épicé. Faire l'amour. Monter et descendre les escaliers. Tourner trois fois sur soi-même les mains en l'air en chantant « sortez, bébés, sortez ! »...

- **Les empreintes de ses fesses sont maintenant dessinées dans son canapé, car depuis plusieurs semaines, on lui répète : « Reposez-vous, ne faites pas trop d'efforts. »**

- **Elle attend !**
Tout est prêt et elle n'en peut plus ! Elle n'a rien d'autre à faire qu'attendre !

Tu sais que tu es en fin de grossesse gémellaire quand :

CHAPITRE 3

LA NAISSANCE ET LA DÉLIVRANCE !

Le premier jour du reste de notre vie

Semaines de grossesse réelles : 36. Semaines de grossesse ressenties : 184. Il est temps que ça s'arrête. Il est temps de pousser pour être libérée, délivrée... Mais vient le moment crucial : c'est qu'il faut les sortir, ces deux bébés ! Dans ce chapitre, nous allons vivre un séjour à la maternité, de l'arrivée au retour à la maison, et devancer vos inquiétudes et vos interrogations. Entre plateaux-repas, cadeaux de tata Lucette et visite de votre grotte de Lascaux, on va vous donner des pistes pour profiter à fond et ne pas rentrer déjà épuisés !

L'ACCOUCHEMENT
par voie basse et/ou la césarienne

Comme on l'a déjà dit dans le premier chapitre, 60 % des accouchements gémellaires se font par voix basse.

Selon votre maternité, il y aura plus ou moins de monde dans la salle d'accouchement, mais pour une grossesse gémellaire, c'est plus que moins. Il y aura au minimum deux sages-femmes (une par bébé) et un gynécologue. C'est un peu la porte ouverte sur votre intérieur cosy, mais comme les bébés n'auront pas pris le temps de remettre les meubles en place, ce sera quand même le bazar. Prenez-le à la « venez comme vous êtes » ! Sachez enfin que c'est la position du premier twin (le plus proche de la sortie !) qui détermine le mode d'accouchement.

L'accouchement par voie basse

La naissance du premier bébé se fera comme une naissance simple. Une fois engagé, il va sortir tout simplement. (Enfin, tout simplement, mais en dégageant tout sur son passage quand même !)

Pour le second bébé, cela devient plus particulier. C'est là que ça se corse ! On pratique souvent une échographie pour vérifier sa position. Si sa tête s'engage naturellement, alors tout est OK et l'accouchement continue tout simplement. (Re, tout simplement, sauf pour votre fri-fri !) Mais parfois, il ne s'engage pas, et alors on comprend la nécessité d'avoir autant de monde. C'est là qu'il faut aller assez rapidement. (Enfin, vous, il vous suffit de faire ce qu'on vous demande...) Soit le bébé se présente en siège et l'obstétricien va « chercher » le bébé par les pieds (non, n'essayez pas d'imaginer, c'est un instant qui se vit !). Soit il est en transverse, auquel cas l'obstétricien pratiquera une technique pour qu'il se retourne et se mette en position. Et enfin, si le bébé ne descend pas, alors une césarienne sera pratiquée.

Note importante

L'expulsion du placenta s'effectue comme pour un accouchement classique, mais le placenta est plus gros et le risque d'hémorragie plus important.

En termes de longueur d'accouchement, contrairement aux idées reçues, ce n'est pas beaucoup plus long qu'un accouchement classique. Après, tout dépendra de la « qualité » des contractions, des poussées et de la position des bébés. On observe une durée de 10 à 15 minutes entre la naissance des deux bébés.

La césarienne

STOP ! INFO DE LA PLUS HAUTE IMPORTANCE ! Si vous devez accoucher par césarienne, surtout ne culpabilisez pas. Trop de femmes « regrettent » d'avoir accouché par césarienne ou se remettent en cause. Mais pourquoi ? Rappelez-vous que vous êtes extraordinaire. Si ! Vous avez porté deux bébés et vous vous apprêtez à leur donner naissance... Vous devriez déjà obtenir la Légion d'honneur (faudrait qu'on se renseigne d'ailleurs !).

La césarienne peut être due au fait que les bébés sont souvent plus petits et moins « forts » (prématurés), donc supporteraient moins bien les contractions et se retrouveraient en souffrance fœtale. Et on n'a pas envie de ça, n'est-ce pas ?

En cas de grossesse monoamniotique, c'est même une obligation, il y aurait trop de complications du fait de la présence d'une seule poche amniotique et un trop gros risque que les cordons s'enroulent autour des bébés (le fameux enchevêtrement des cordons).

Les césariennes sont également pratiquées si, lors d'un précédent accouchement, vous avez déjà eu une césarienne, tout simplement parce que l'utérus ne pourrait pas supporter un double accouchement par voie basse.

Pour un accouchement par césarienne, il faut aussi savoir que les hémorragies sont plus fréquentes, l'utérus étant plus gros et distendu. Évidemment, il y aura un suivi plus important, car un besoin de surveillance accru.

Par ailleurs, sachez que si la césarienne est programmée, normalement, vous arriverez plus facilement à faire entrer le papa avec vous. Insistez !

Quelle que soit la façon d'accoucher, l'essentiel est que les deux bébés viennent au monde et que tadam ! Ça y est... vous êtes parents de deux bébés. Ça vous colle des petits frissons, à vous aussi, de lire cette phrase ?!

— LES 5 CONSEILS —
de l'allaitement gémellaire

Vous le savez, ici, on est pour la déculpabilisation parentale. Notre maxime, c'est que chacun·e fait ce qu'il veut avec ses enfants (et avec ses cheveux, tant qu'on y est). Vous avez envie d'allaiter ? C'est top. Vous préférez passer votre tour ? Aucun problème. Mais on est là aussi pour vous filer des astuces pour que, quel que soit votre choix, il se passe au mieux. Voici donc le top 5 des conseils pour réussir l'allaitement de deux bébés.

Conseil *number 1* : dites-le !

Dès votre deuxième trimestre, annoncez à l'équipe médicale qui sera là lors de l'accouchement votre volonté d'allaiter Esteban-Goulotte et Marie-Pergola. Pas juste pour crâner, hein. Mais pour éviter les séparations trop longues. Plus vous aurez vos bébés collés contre vous, plus vite se fera la montée de lait. Pas forcément évident si vous avez eu une césarienne, encore moins en cas de prématurité, donc de néonat, mais autant que possible. Des contacts en peau à peau fréquents ainsi qu'une mise au sein régulière vous aideront à partir du bon pied (enfin, du bon sein, en l'occurrence).

Conseil *number 2* : ne réservez pas un sein à un bébé.

On se doute que dans les faits, ça pourrait sembler pratique. George-Glouton au sein gauche, Danièle-Disette au sein droit. Oui, mais... Les prénoms vous ont mis sur la voie ? Voilà. Si le premier tète plus que le second, ça va créer un déséquilibre, un sein plus stimulé que l'autre. Et puis imaginez, en cas de crevasse à un sein, que va faire Danièle-Disette ? Attendre que ça aille mieux ?

Conseil *number 3* : donnez les deux seins en même temps (si vous voulez).

Ils ne seront jamais vraiment sur le même rythme, mais si vous arrivez à leur donner le sein en même temps, pensez au gain de temps ! Si vous préférez avoir un moment avec chacun, libre à vous aussi ! Mais si vous voulez donner le sein aux deux, demandez conseil auprès d'une conseillère en lactation de l'hôpital, qui saura vous aiguiller sur les positions à prendre.

Conseil *number 4* : utilisez le tire-lait en cas de séparation.

Notamment, évidemment, si vos bébés sont en néonat. Le tire-lait va devenir votre meilleur ami !

Conseil *number 5* : préparez en amont le retour à la maison et le partage des tâches.

Vous, vous allaitez deux bébés, c'est épuisant, donc c'est au papa de s'occuper des couches, des biberons la nuit et des lessives (et des petits plats, des courses, parce qu'on aime bien rêver !).

Les positions d'allaitement gémellaire simultané

Position couchée

Madone et football (ou rugby)

Football double ou en étreinte

Le berceau double

— TOP 10 —

des visites que vous recevrez à la maternité

Sachez en premier lieu que vous n'êtes pas obligés de recevoir tout le monde (à l'exception du personnel médical, cela va sans dire). Vous pouvez prétexter des soins à donner, un rythme à caler (ce qui est absolument vrai), ou inventer de gros bobards (« Nan, les jumeaux ne peuvent pas recevoir de visite avant leur sixième jour de vie, c'est le nouveau protocole, oui, oui. »). Parce que clairement, recevoir autant de monde dans un espace si petit, ça devient vite l'anarchie, et rappelez-vous : vous devez vous économiser pour être en forme pour vos bébés !

Parmi ceux qui réussiront quand même à franchir la porte, on retrouve…

1 La famille gaga

Vos parents, vos beaux-parents, ceux qui vous aiment et qui viennent rencontrer ces merveilleux trésors, ceux qui vous ont regardée dans le blanc du nombril ces derniers mois, mais qui vont totalement vous zapper pour se focaliser sur votre progéniture. « Youhou, les gars, moi aussi je suis là… Bon, bah si c'est ça, gardez-les un peu, je vais prendre une douche ! »

2 Les relous

Ces gens qui font à peu près partie de votre famille et qui viennent pour vous apprendre à vous occuper de VOS bébés, alors qu'ils ont vaguement eu un enfant il y a une cinquantaine d'années… Ah non, c'était un chat, mais c'était presque pareil parce qu'il y en avait eu deux d'un coup.

3 Les amies

Les vraies, celles qui veulent vous soutenir, mais qui, en mesurant l'ampleur du délire : « Ah oui, c'est ça, y en a deux. Oh, là là ! Ils sont beaux, mais c'est chaud », risquent de vous faire flipper.

4 Les curieux

Des collègues, des connaissances, des vieux potes à qui vous ne parlez jamais, mais qui veulent voir à quoi ils ressemblent, ces deux poupons et, surtout, s'ils se ressemblent. « Ah tiens. C'est donc ça des jumeaux ? Trop fun ! »

5 Les mauvaises langues

Ceux qui passent parce qu'ils veulent voir si vous vous en sortez et qui préféreraient finalement sûrement que ce ne soit pas vraiment le cas. « Ah, bah tu vois, je t'avais dit que ça serait la galère, les cernes que tu te payes, et dire que ça ne fait que commencer ! »

6 Les jeunes mamans des chambres voisines

Elles ont entendu dire qu'il y avait des jumeaux, alors elles voulaient voir. Oui, leur unique bébé dort comme un loir. (Vous avez le droit de leur jeter le pain dur de votre plateau-repas.)

7 L'équipe médicale

Les sages-femmes, infirmières, médecins... Vous allez rencontrer tout l'hôpital à ce rythme. Et y en a pas un pour vous dire la même chose, mais tous partent du principe que ce qu'ils disent, c'est la vérité absolue.

8 Le photographe

Lui, il fait son taf, mais quand il va entrer dans votre chambre, il va flairer la belle aubaine et en profiter pour vous soutirer deux fois plus de blé. « Nan, mais parce qu'avec des jumeaux, pour réussir à prendre une photo, il vous faut un vrai pro. »

9 Les copines des cours d'accouchement

En tout cas, celles qui n'ont pas encore accouché et qui vont venir dans l'espoir que vous leur racontiez que tout s'est passé comme sur des roulettes (genre les bébés ont roulé jusqu'à l'extérieur en voyant de la lumière au bout du tunnel et c'était trop chouette). C'est le moment de garder un sourire enjoué pour ne pas les faire (trop) paniquer.

10 Le papa

Prise dans le tourbillon des allées et venues, quand il est entré, vous avez failli lui dire que l'heure des visites était terminée, merci de repasser dans 18 ans quand ça se sera calmé. Et puis vous réalisez qu'il est là, qu'il vous a rapporté à manger (une pizza en plus, de votre restaurant préféré) et vous vous mettez à pleurer. Foutues hormones qui redescendent deux fois plus vite qu'elles ne sont montées !

LA NÉONAT

Si vos bébés passent par la case néonat (néonatalité de son vrai nom), c'est qu'ils sont nés prématurément et n'ont pas atteint un poids suffisant pour téter tout seuls : ils doivent donc être nourris par sonde. Ils peuvent y rester de quelques jours à quelques semaines selon la date de l'accouchement, et c'est un moment très compliqué pour les parents, mais surtout pour la maman qui, après plusieurs mois de colocation, se retrouve bien trop seule. C'est là qu'avoir choisi un hôpital ayant un service de néonat a un intérêt, parce que vous pourrez aller les voir quand vous voulez.

Voici quelques astuces pour mieux traverser cette phase difficile :

- Concentrez-vous uniquement sur vos bébés.

Tout le monde a connu quelqu'un qui est passé par la néonat et qui est maintenant un grand gaillard... On s'en fout. Vos bébés, vous, c'est tout ce qui importe. Ne regardez pas comment grandissent les autres bébés, ceux qui sortent, et au bout de combien de temps. Focalisez-vous sur vous-même et vos petits, c'est important.

- Ne gardez aucune question pour vous.

Il n'y a pas de question bête, et quand bien même, il vaudrait mieux la poser et obtenir une réponse claire plutôt que de vous miner avec quelque chose qui en fait n'était pas grave. N'hésitez pas à demander des infos, des éclaircissements.

- Déléguez pour tout le reste.

Encore une fois, focalisez-vous sur l'essentiel. Tout ce qui est extérieur, quelqu'un d'autre peut s'en charger.

- Regardez vos bébés grandir.

Le moindre progrès est un signe encourageant. Soyez là pour eux, positivement. Même si ça fait peur, même si c'est frustrant, donnez-leur votre amour et votre joie de les avoir près de vous quand vous êtes sur place.

Bon à savoir

ce n'est pas parce que vos bébés sont en néonat que vous ne pouvez pas leur donner votre lait, alors demandez conseil !

LE SÉJOUR À LA MATERNITÉ : pourquoi faut-il en profiter ?

Après votre accouchement, vous aurez l'impression d'avoir couru un marathon pieds nus et les yeux bandés (à peu de chose près). Claqués vous êtes. Angoissés aussi. Parce que même si vous êtes submergés par l'amour pour ces deux petits êtres si parfaits, vous mesurez maintenant pleinement l'ampleur de la tâche. Il va falloir vous en occuper. Alors pourquoi est-il nécessaire de profiter du séjour à la maternité ?

Parce que vous êtes accompagnés

Il y a une équipe présente et qui peut répondre à toutes les questions que vous vous posez. Sur la façon de vous occuper de vos twins, sur l'allaitement, sur vos propres bobos. Dès que vous avez une question, posez-la.

Parce que vous pouvez déléguer

Profitez-en pour vous reposer ! Laissez les bébés de temps en temps avec les auxiliaires de puériculture qui se feront un plaisir de s'occuper d'eux. Et si vous n'allaitez pas, n'hésitez pas à les laisser aussi la nuit. (On aurait tort de s'en priver !)

Note

Si ce sont vos premiers bébés, ils vous demanderont de les garder au moins une nuit avant de partir.

Parce que vous allez découvrir que c'est VOUS qui décidez

Les infirmières, médecins, sages-femmes... Tous ont leurs méthodes. L'occasion pour vous de vous imprégner des gestes que VOUS choisirez, et de clamer haut et fort que vous préférez faire d'une façon plutôt que d'une autre (c'est un bon entraînement pour quand tata Lucette vous expliquera la vie). ÉCOUTEZ-VOUS ! Vous êtes les meilleures personnes qui soient pour vos bébés.

Parce que vous pouvez en profiter pour consulter

Kinés ou ostéopathes, n'hésitez pas à demander qu'ils vous examinent et vous manipulent, histoire de remettre vos organes en place après le déménagement !

Parce que vous pouvez être bichonnée, vous, la nouvelle maman

Un lit devant la télé, des repas servis à heures fixes, des visites... Ce n'est pas le Club Med, mais vous n'avez rien d'autre à faire que de contempler vos merveilles et de vous en occuper... Profitez !

Quand je pense que Jack meurt et que Rose ne vivra jamais son Grand Amour !
Et le cri de la carotte quand on la jette dans l'eau bouillante, hin ?! Personne n'en parle !
Dans 3 ans, mes bébés iront à l'école, bouhouhouuu !!
Dans 20 ans, mes bébés n'habiteront plus avec moi et leurs coeurs appartiendront à quelqu'un d'autre !!!
Oh my God, les petits oiseaux qui font cui-cui c'est tellement beauuu !
En plus, on va tous mouriiir !!!
Re-bouhouhouuu !!!

DOUBLE BABY BLUES !

Sachez-le, maintenant que vous avez des jumeaux, tout est doublé. L'amour, les bisous, les câlins, les biberons... et les chagrins. Le baby blues ne fait pas exception à la règle, ce serait trop beau.

La définition du baby blues

Il est également appelé « syndrome du troisième jour », parce qu'il survient en général trois jours après l'accouchement. La chute des hormones en serait la principale cause, suivie de la fatigue (ah bah tu m'étonnes !) et de l'angoisse de ne pas réussir à gérer (alors quand y en a deux à gérer !). Il y a également ce vide physique ressenti par certaines mamans.

Sachez que le baby blues ne dure habituellement que quelques heures à quelques jours. Au-delà, il est important de consulter un psychologue et de ne pas se laisser tomber dans *la dépression du post-partum*.

Les symptômes

Vous pleurez. Parce que vous avez peur de ne pas vous en sortir, parce que les débuts de l'allaitement sont compliqués, parce que votre série à la télé est terminée, parce qu'une tétine est tombée, parce que vous êtes en rade de batterie sur votre téléphone, parce que ce midi, c'est courgettes et que décidément, vous n'aimez pas les courgettes, ou parce que votre cher et tendre a mis un tee-shirt jaune. Ouais. Mais vous pleurez aussi parce que vous êtes heureuse, parce que vous avez fait deux magnifiques bébés, parce que ce doudou est tout doux, parce qu'il y a du riz au lait en dessert et que ça vous rappelle quand vous étiez petite ou parce que votre amoureux a dit que vous avez meilleure mine. Ouais *bis*. Vous vous transformez en fontaine.

Notre conseil : laissez les larmes couler, ça fait du bien ! Et demandez à voir le psy de l'hôpital au besoin.

Pour en sortir

Il faut attendre que ça passe ! Mais communiquez avec votre entourage, laissez vos proches vous rassurer, acceptez toute l'aide que l'on vous proposera et faites-vous dorloter. Ménagez-vous et, surtout, rappelez-vous que vous avez fait quelque chose d'incroyable, de magique et de fabuleux. Pour le reste, vous verrez au fur et à mesure.

CHAPITRE 4

ON RENTRE !

Et c'est pas gagné...

La maternité a ses avantages, mais clairement pas le confort de son chaleureux chez-soi. Vous avez hâte de vous retrouver chez vous, de poser vos petits anges endormis dans leurs lits et de vous installer dans votre salon cocon. Maintenant, il va « juste » falloir commencer à s'organiser. Et là, c'est pas gagné ! Heureusement, on est là pour vous aider !

ADIEU...

Vous passez la porte de votre foyer, chacun un cosy et une valise dans les bras. Vous êtes chez vous, enfin, en famille. C'est que du bonheur... ou presque. Parce qu'une fois passée la porte de cette maison, vous pourrez dire adieu...

- ... au calme

Jamais plus le silence ne viendra s'installer plus de quelques minutes, sauf quand les twins dormiront (à deux, y en aura toujours au moins un pour faire la fête !).

- ... à la paix dans votre esprit

C'est fini, vous en avez pris pour perpétuité ! Désormais, vos pensées ne seront plus jamais libérées...

- ... au café (ou thé) chaud

Vous vous rendrez vite compte que le café froid, ça va aussi, après avoir retrouvé pour la septième fois de la journée votre tasse dans le micro-ondes (et dire qu'il n'est que 10 heures du matin !).

- ... à la solitude

Plus jamais vous ne serez seuls. PLUS JA-MAIS. Terminé ! Non, même pas aux w.-c. !

- ... à l'ennui

Plus une minute à vous demander quoi faire, puisqu'il y aura toujours quelque chose à faire !

- ... aux longues soirées sur le canapé

Finies, les soirées passées à vous faire des masques en regardant la saison complète de *How I Met Your Mother* à la télé. Il y aura toujours une raison de vous relever !

- ... aux ongles vernis

Ma foi, vous pouvez essayer... Vous verrez...

Notre conseil : le vernis semi-permanent peut vous sauver, si vous le faites en institut pendant que quelqu'un garde vos minidestructeurs d'ongles qui sèchent !

- … aux tenues propres

Oui, il a régurgité, j'ai changé de pull, l'autre a vomi, j'ai changé de pull, le premier a revomi, j'avais plus de pull propre. J'ai lâché l'affaire.

- … aux nuits blanches à refaire le monde avec les potes

Enfin si, bien sûr, vous pouvez essayer. Mais quand vous verrez votre tête le lendemain dans le miroir, ça va vous dissuader de recommencer !

Honnêtement, tout ça ne pèsera pas bien lourd dans la balance comparé à cette aventure formidable que vous venez de commencer, alors pas de nostalgie… D'ici quelques mois, vous vous demanderez même comment c'était avant, sans réussir à imaginer votre vie sans eux !

BON POUR

déléguer, et laisser quelqu'un d'autre s'occuper de vos jumeaux le temps d'aller décompresser

*** * ***

* Valable pour une heure comme une demi-journée, et applicable sur papa, belle-maman, Tata Lucette, votre mère, une amie sympa, etc.

6 CONSEILS

pour tenir le cap à la maison !

Le plus difficile dans ce retour à la maison, ce sont ces premières semaines où vous cherchez comment vous organiser avec des bébés qui ont un rythme tellement anarchique que vous vous demandez s'ils n'ont pas été des rock stars dans une vie antérieure. Accrochez-vous et suivez ces quelques conseils (accrochez-les sur le frigo si ça peut vous aider !).

1 — Tout ce qui est fait n'est plus à faire.

Bon, dans les faits, c'est faux, puisque tout ce qui est fait sera à recommencer bientôt. Mais ça veut dire qu'il ne faut pas vous laisser déborder. Faire un peu, c'est déjà avancer.

2 — La pression, mieux vaut la boire que l'avoir.

Bon, sauf si vous allaitez. On ne tient pas à ce que vous deveniez alcoolique, mais ce que l'on veut dire, c'est que se mettre la rate au court-bouillon ne fera pas avancer le schmilblick. Alors soufflez !

3 — Rien n'est facile, mais tout est possible.

Pas après pas, sans vous mettre la pression, vous allez y arriver.

4 — Le succès, c'est de vivre votre vie à votre façon.

Ne perdez pas de temps et d'énergie à tenter de satisfaire tout le monde. Vous êtes les parents, c'est à vous de décider ce qui est le mieux pour vos enfants.

5 — Vous n'êtes pas parfaits. Et c'est parfait ainsi.

N'essayez pas de ressembler à Beyoncé avec ses *babies*. Restez vous-mêmes, avec vos qualités et vos défauts, et c'est ainsi que vous y arriverez.

6 — Le plus beau des bonheurs est celui que l'on partage.

Et vous avez la chance de pouvoir le partager avec deux merveilleux bébés !

— TEST —

Êtes-vous organisés ?

Allez, voyons où vous en êtes de l'organisation après quelques semaines à la maison ! Ne trichez pas, il n'y a pas de bonne ou de mauvaise réponse !

C'est bien joli tout ça, mais on va où, avec cette tribu ?

1 — Vous avez rendez-vous chez le pédiatre à 14 heures, à quelle heure commencez-vous à préparer Charles-Parpaing et Ange-Noël ?

A) 13 heures, on ne sait jamais, y en a un qui peut me vomir dessus entre-temps, donc mieux vaut prévoir large.
B) 13 h 30, y a 20 minutes de route, en 10 minutes j'ai préparé tout le monde et *go* !
C) 13 h 50, j'avais oublié le rendez-vous ! J'espère que le pédiatre sera en retard !

2 — Niveau stock de couches, vous êtes comment ?

A) On est aux lavables, j'en ai suffisamment pour tenir jusqu'à l'acquisition de la propreté.
B) Dès qu'il y a une promo, je fais du stock, faut juste que je pense à vérifier où on en est.
C) Et merde, les couches ! Je crois que je viens de prendre la dernière... Bon, j'appelle ma mère.

3 — Faire les courses, pour vous, c'est :

A) *Has been*. On cultive tout nous-mêmes, on possède un potager, trois poules et une chèvre dans notre jardin. On va chercher notre panier bio et ensuite on cuisine pour la semaine. Pourquoi ?
B) Noté dans le calendrier : on est en semaine B ? Alors c'est Chéri qui va les récupérer au drive à 17 heures !
C) Oups. J'ai deux heures de retard sur le drive. Mais c'est pas grave, ils me les gardent, ils ont l'habitude.

4 — Si on vous dit « préparation des repas », vous répondez ?

A) On est adeptes du batch cooking, mais on cherche à améliorer le concept en préparant les repas sur deux semaines.
B) Les pâtes, c'est la vie.
C) C'est bon, on gère. Enfin, le livreur de pizzas gère pour nous. Quand on pense à l'appeler. Mais il me reste des biscottes, si vous voulez.

5 — Pour le linge, vous vous en sortez ?

A) Évidemment. La base, c'est de faire au fur et à mesure. Je n'ai plus que les bavoirs à repasser.
B) On va s'habiller devant le sèche-linge, y a qu'à piocher.
C) J'ai retourné ma culotte d'hier, ça vous suffit comme réponse ?

Résultats du test

Vous avez une majorité de A : médaille d'or de l'organisation ! Vous pouvez encore faire deux ou trois paires de jumeaux et gérer un camp scout en parallèle. Vous êtes les rois de l'organisation. Mais vous savez, vous avez le droit de lâcher du lest quand même !

Vous avez une majorité de B : médaille d'argent de l'organisation ! Vous stressez peut-être un peu, mais vous vous débrouillez super-bien. Continuez comme ça et lisez nos petites astuces supplémentaires (*cf.* p. 80).

Vous avez une majorité de C : vous n'êtes pas vraiment organisés... Mais tant que vous le prenez avec philosophie, tout va bien !

RIP

LE LINGE PROPRE REPASSÉ

S'ORGANISER
dès les premières semaines

Il est évident que l'on s'améliore en organisation lorsque l'on devient parents, mais c'est encore plus vrai lorsque l'on devient parents de jumeaux. Cependant, en attendant que ça tourne et que vous trouviez votre organisation à vous, ces quelques conseils vont sûrement vous simplifier la vie.

Au quotidien

• Privilégiez le drive ou la livraison. Pourquoi ? Pour ne pas avoir à sortir la poussette double, installer les jumeaux dans leurs sièges auto, faire les courses pour toute la semaine et vous rendre compte au moment de les ranger que, oups la boulette, dans le coffre, vous ne pouvez pas ranger les courses à cause de la poussette double, justement !

• Demandez un aspirateur robot en cadeau de naissance !

• Soufflez dès que vous pouvez. Le linge attendra bien encore un peu si vous êtes crevés. Préférez vous reposer, pensez qu'il faut gérer sur le long terme. Ils font la sieste ? Alors allez-y vous aussi ! Quant aux bains, ce n'est pas parce que vous sautez un jour sur deux qu'ils seront plus malheureux !

• Partagez-vous les tâches dès le départ. Et ajustez au fur et à mesure.

Les repas des bébés

• Un petit cahier de suivi au début peut se révéler très utile… Oui, parce qu'on est rapidement débordés et on oublie vite qui a mangé, combien, à quelle heure. Surtout lorsque l'on a donné déjà 12 biberons dans la journée… Ce serait dommage de nourrir deux fois de suite Jumeau n° 1 et de laisser Jumeau n° 2 sans rien ! (Si, si, ça peut arriver.)

• Il existe aussi des bracelets d'allaitement qui peuvent être très pratiques pour les mamans allaitantes ; il suffit d'en acheter deux de couleurs différentes. (Les bracelets d'allaitement rappellent l'heure de la dernière tétée et se placent au poignet côté sein utilisé.)

• Pour les bébés non allaités, caler les bébés ensemble est une bonne option pour une meilleure gestion du temps. Ne culpabilisez pas si parfois vous donnez deux biberons en même temps, on peut mettre deux transats face à soi et tenir les bibs. Quand on est seul·e pour gérer tout le monde, tout est permis !

Pour les biberons, si vous n'allaitez pas, il y a plusieurs écoles :

• les adeptes de « un biberon chacun » qu'on lave au fur et à mesure, avec un code couleur sur chaque biberon pour ne pas se tromper ;

• la *team* « 12 biberons » qu'on met au lave-vaisselle le soir.

Et chacun fait comme il le sent !

Les sorties

• Ne vous empêchez pas de sortir, sauf si vous n'en avez aucune envie.

• Privilégiez les coques automobiles qui s'adaptent sur le châssis de votre poussette. Vous verrez que vous y gagnerez en temps de montage de poussette, et également en place dans votre voiture. Pas besoin de sortir Kelly-Fernande et Eugène-Maurice de leurs coques pour les installer dans leurs poussettes...

• Les toutes premières semaines, les bébés peuvent rester à deux dans une seule nacelle pour les microgabarits, ce qui évite de tout sortir si vous avez une poussette qui s'utilise aussi en simple !

• Ayez toujours un porte-bébé ou une écharpe dans votre voiture. Promis, ça peut sauver des vies, surtout lorsque l'on est seul·e avec les bébés et que l'on ne peut pas prendre la poussette ou soulever deux coques, car clairement, ça pèse son poids.

• Prévoyez toujours un kit de survie dans votre voiture : 4 couches, 2 changes (ben oui, 2 bébés), un miniliniment et du coton.

• La gestion du temps : prévoyez toujours LARGE ! Les enfants sont fourbes et c'est toujours quand vous venez de les changer, de les installer dans la coque et de poser la coque sur sa base dans la voiture qu'ils vous regardent droit dans les yeux et vous vomissent dessus (ou lâchent un « caca-tomique »). Résultat : 20 minutes de plus sur le timing... Et une fois que vous avez bien tout refait avec le premier, le second vous fait la même ! Donc : on se garde une bonne marge de manœuvre !

• Le sac à langer : vérifiez-le avant chaque sortie. Si, avec un seul enfant, ça peut être jouable d'oublier un truc, avec deux, c'est vite la galère !

ASTUCES DE MAMANS
pour mieux s'organiser

Vous allez voir qu'il y a, encore une fois, plein de façons différentes de voir les choses, même si le mot-clé qui revient le plus souvent, c'est l'anticipation ! En tout cas, lisez, et ensuite, à vous de vous faire votre propre opinion, fondée sur votre expérience.

- Clémence : « Tout lister et faire le maximum en commun : bains, repas, changes... On gagne du temps ! On fait aussi la cuisine en grande quantité pour pouvoir tout congeler ! »

- Carole : « Mettre en place des routines durant la grossesse qui deviennent des automatismes après. »

- Isabelle : « La meilleure décision qu'on ait prise a été d'alterner mon mari et moi sur un congé parental jusqu'à leur entrée à l'école : on a gagné en qualité de vie, moins de stress, et on n'y perd pas grand-chose niveau financier... »

- Céline : « On évite de repousser les tâches ménagères qui risquent de s'accumuler, beaucoup trop et beaucoup trop vite. Si ça prend moins de 10-15 minutes, on le fait tout de suite. »

- Élodie : « Congeler des barquettes de plats faits maison en fin de grossesse parce qu'il y a de fortes chances que l'on n'ait pas le temps de se faire à manger en rentrant ! »

- Marion : « Toujours faire la même chose dans le même ordre... Ça entraîne un mécanisme et on évite les oublis ! »

- Audrey : « Accepter de l'aide ! Par exemple, des cousins se sont cotisés pour nous offrir quelques nuits de garde par une puéricultrice. On en a profité pour reprendre des forces ! »

- Élise : « Pas de superflu qui peut engendrer des frais supplémentaires, utiliser de l'occasion, ne pas avoir peur de donner des petits pots et écouter son instinct ! »

- Stéphanie : « Essayer de respecter certains rituels qui fonctionnent, et sinon, beaucoup, mais vraiment beaucoup, d'adaptation. »

Note importante

Ne croyez pas que, parce que vous suivez deux ou trois astuces, votre quotidien va se retrouver du jour au lendemain tranquille comme un long fleuve par jour de beau temps. Malgré les conseils, tous les parents font surtout comme ils peuvent et doivent souvent gérer les aléas de dernière minute !

J'ai fait une liste de ce qu'il nous reste à faire pour mieux s'organiser !
Alors, les courses ?
Pas encore faites...
Le linge à laver ?
Toujours dans le panier...
Le bain des petits ?
C'est fait ! ...Il y a 3 jours.
Le batch cooking de la semaine ?
Juste le dîner de ce soir : des pâtes...
Voyons le bon côté des choses : aujourd'hui, on ne les a pas oublié au supermarché !

MÉMO SUR LES AIDES

On vous propose ici un petit texte un peu plus sérieux, mais ô combien important ! Vous avez droit à des aides, ne les négligez pas, elles peuvent vous simplifier la vie !

L'aide des organismes

Liste des aides auxquelles vous avez droit avec les organismes extérieurs :

La Caf

- La prime de naissance
- Les allocations familiales
- Les APL qui peuvent changer
- Le complément de libre choix d'activité

Le conseil général

- Une prime spéciale jumeaux (dans certains départements)
- Une aide pour financer une femme de ménage ou des heures de garde d'enfants

Chaque conseil général fait ce qu'il veut, alors il ne vous coûte rien de vous renseigner auprès du vôtre.

Les mutuelles

- Une prime de naissance également,
- Une aide à domicile

La prime de naissance

Elle n'est pas universelle et donc éligible selon les revenus du foyer. Pour la calculer, voici les plafonds de revenus de 2019 :

Famille avec un seul revenu

- 1 enfant : 36 304 euros
- 2 enfants : 42 851 euros
- 3 enfants : 49 398 euros
- 4 enfants : 55 945 euros
- Par enfant supplémentaire : 6 547 euros

Famille monoparentale ou avec deux revenus

- 1 enfant : 46 123 euros
- 2 enfants : 52 670 euros
- 3 enfants : 59 217 euros
- Par enfant supplémentaire : 6 547 euros.

Attention, depuis quelques années maintenant, elle est versée APRÈS l'accouchement, jusqu'à 2 mois après ! (On est d'accord que ce n'est pas pratique DU TOUT !)

Lorsque l'on attend des jumeaux, on en touche donc deux (des triplés, trois, etc.) !

En 2019, elle s'élève à *944,51 euros par enfant*, soit 1 889,02 euros pour des jumeaux.

Comment la demander ?

Il faut envoyer à la Caf les volets 1 et 2 du document de premier examen prénatal remis par votre médecin ou votre sage-femme. ATTENTION, les documents doivent être adressés avant la 14e semaine de grossesse. Pas de blagues de timing, hein !

Les allocations familiales !

Yeah baby, celles-là, tout le monde y a droit, peu importent les revenus. Le montant variera seulement selon votre tranche, mais tout le monde peut l'avoir. Elle est automatiquement possible à partir du deuxième enfant, donc ça tombe bien, vous en attendez deux ! Et si vous en aviez déjà avant, c'est banco ! (Enfin, vu ce qu'ils vont vous coûter, ce n'est pas si banco que ça, pour être honnête...)

Aucune démarche à faire si vous êtes déjà allocataires, la Caf vous verse automatiquement vos allocations familiales dès lors que vous lui avez signalé la naissance de votre deuxième enfant (ou de vos deux premiers en même temps, quoi).

Si vous ne l'êtes pas, il faudra envoyer le formulaire de déclaration de situation (Cerfa 11423) et le formulaire 10397 à votre Caf.

L'aide de votre entourage

Papi, mamie, tonton, tata, la copine, la voisine... Acceptez toute l'aide que l'on vous proposera.

Ne vous surestimez pas ! Vraiment, l'arrivée de deux bébés, c'est chaud cacao, hein, surtout quand on en a d'autres avant et en bas âge.

À la question : « Comment je peux t'aider ? », vous pouvez répondre :

- « Fais-moi des lasagnes pour que je n'aie pas à cuisiner un soir », par exemple.

- Aller récupérer le grand frère à l'école et le ramener pour vous éviter de sortir avec les bébés.

- Un week-end chez mamie pour les frères et sœurs.

- Un week-end tous ensemble chez les grands-parents pour être quatre au lieu de deux pour tout gérer.

Vraiment, toute aide est la bienvenue et rien n'est à sous-estimer !

10 GALÈRES

que peuvent vivre les parents de jumeaux !

La vie de parents est un enchaînement de petites galères qui nous font rire (après… sur le coup, beaucoup moins). Puisqu'il vaut mieux en rire que de culpabiliser, on partage avec vous quelques grands moments de solitude vécus par des parents de jumeaux !

1 Se rendre compte que l'on vient de donner le biberon au glouton qui l'avait déjà eu, pendant que le second attend son tour (de plus en plus impatiemment).

2 S'apercevoir que l'on n'a plus qu'une couche propre et devoir choisir à qui on va la mettre en attendant que les courses soient livrées.

3 Changer Kevin-Robert, le reposer dans son lit, changer Raoul-Hector, se rendre compte que sa couche est sèche… réfléchir. Reposer Raoul-Hector, sniffer Kevin-Robert et découvrir que l'on a échangé les deux à un moment et que l'on a changé deux fois le même.

4 Se retrouver seul·e avec les deux qui vomissent en jet, type l'exorciste, en même temps. Réfléchir à les laisser tous les deux et aller faire un tour, puis assumer.

5 Se retrouver seul·e avec la poussette double et attendre sur le trottoir parce qu'une voiture est garée en plein milieu.

6 Se retrouver seul·e dans un centre commercial avec une envie pressante et ne pas pouvoir faire entrer la poussette double dans les toilettes, même pour handicapés…

7 Se retrouver au drive avec les courses pour le mois et s'apercevoir que l'on a laissé la poussette dans le coffre… Laisser la poussette double, rapporter les courses, revenir chercher la poussette !

8 Endormir Aldo-Dorian, le poser… Entendre Pierre-Morne pleurer, le récupérer trop tard… Il vient de réveiller le premier !

9 Avoir le choix entre monter dans l'ascenseur avec deux bébés dans les bras en abandonnant la poussette en bas ou prendre les escaliers avec la poussette qui pèse 15 kg sans bébés.

10 Voir des boutons sur Jean-Neymar. Soupirer, parce que l'on sait que Brandon-Bubon va se les choper !

ET LE COUPLE, *dans tout ça ?*

On ne va pas vous mentir, ce n'est pas notre genre (pourtant, on aimerait vous donner de l'espoir, hein). Les premiers ~~jours~~ mois (oui, on a dit pas de mensonge !), vous allez avoir l'impression de vivre avec votre partner in crime *plutôt qu'avec votre cher et tendre. Lorsque vous vous croiserez, ce sera pour échanger des consignes. Le talkie-walkie pourrait même se révéler pratique. Si, si, vous y penserez.*

C'est la raison pour laquelle il est nécessaire, vital même, de réussir à prendre du temps pour vous. Oui, on est au courant qu'il y a la théorie et la pratique et que vous, vous vivez du côté pratique obscur de la force. Mais sachez aussi qu'un couple sort encore plus uni de cette première phase compliquée si les partenaires se sont épaulés, rassurés, encouragés et motivés. (Ça, ça donne de l'espoir, non ?!)

Quelques astuces pour réussir à se retrouver :

• Chaque soir, prenez un moment, même 20 minutes, pour vous parler sans évoquer les bébés.

• Offrez-vous un apéro de temps en temps, quand Ken-Gérard et Naomi-Michelle sont au lit.

• Offrez-vous, dès que possible, une soirée SANS les enfants. Une petite heure pour aller au café d'en bas si vous allaitez, deux heures pour vous faire un cinéma, et si vous y arrivez, une nuit complète.

• Communiquez ! On ne le dira jamais assez, mais la communication est la base de toute relation. Dites-vous les choses plutôt que de ne pas vous comprendre et de laisser des non-dits planer entre vous.

• Remerciez-vous et congratulez-vous régulièrement. Parce que vous avez tous les deux besoin de gentillesse, mais aussi parce que c'est une bonne habitude à prendre.

• Réinventez votre couple. Ça passe par les petits mots gentils comme par la sexualité, qui forcément a évolué.

• Sortez en famille. Des jumeaux ne sont pas des bracelets électroniques ! Sortez, bougez, voyez du monde ! Ça demande un peu plus d'organisation, ça prend du temps sur vos heures de repos, mais ça fait aussi tellement de bien !

•Acceptez que, parfois, l'un ou l'autre soit de mauvaise humeur. La vie n'est pas un long fleuve tranquille !

• Laissez-vous aussi du temps seuls, pour que chacun puisse continuer à s'épanouir dans une activité !

TOP 13

des réponses à donner quand on vous demande si ce sont des jumeaux

Lors de vos premières sorties, vous allez vite vous apercevoir que vous êtes devenus des parents extraordinaires. La preuve, tout le monde se retourne sur votre passage (et non, ce n'est pas juste parce que vous avez oublié de mettre vos chaussures et que la dernière fois que vous vous êtes coiffée remonte à peu de temps avant votre accouchement). Cela peut être agaçant parfois. Mais il y a pire. Les gens qui vous arrêtent et qui vous demandent : « Ce sont de vrais jumeaux ? »

Pour ceux-là, on a listé quelques réponses bien senties à leur fournir. Même si vous n'osez pas, pensez-y, vous allez voir, ça fait du bien.

1 « Et vous, ce sont vos vrais cheveux ? »

2 « Non, mais surtout, ne leur dites pas, ils y croient dur comme fer. ».

3 « Non, ils sont en plastique recyclé. C'est bien imité, n'est-ce pas ? »

4 « C'est ce qu'ils disent, mais je ne sais pas si on peut leur faire confiance. »

5 « Attendez, dans 5 minutes, ils devraient se mettre à pleurer, vous déciderez vous-même. »

6 « Pas du tout, y avait grosse promo le jour de l'accouchement, un acheté, un gratuit. On n'a jamais su résister aux soldes. »

7 « Non, mais celui-là ressemblait au premier, et je rêvais d'avoir des jumeaux. Alors je l'ai pris. »

8 « Absolument pas, je fais des expériences scientifiques sur le clonage, je crois que j'ai réussi. »

9 « Non, celui-ci a 10 ans, celui-là est né le mois dernier. »

10 « Pas du tout, je les ai accouchés à 10 jours d'intervalle. »

11 « Aucune idée, je viens de les voler. »

12 « Oui, mais pas de la même mère. »

13 « Franchement, je me posais la question. Mais maintenant que vous le dites, ça tombe sous le sens. C'est pour ça qu'ils sont arrivés en même temps alors ! Merci. »

Ooooh !
Ce sont de vrais jumeaux ?!
Non.

LES NUITS

Clairement, on a hésité à vous en parler. Ça a donné un genre de réunion de crise. « Eh, les meufs, on les a déjà bien fait flipper, là, non ? On pourrait peut-être faire semblant de zapper cette histoire de nuits ? » Tout le monde a hoché des cernes en bâillant. Et puis, y en a une qui a voulu faire du zèle et qui a dit que l'on avait promis de tout vous raconter.

Alors voilà. Les nuits, c'est compliqué.

On pourrait s'arrêter là, vous allez bientôt découvrir par vous-mêmes le sens de nos propos. Mais on va vous expliquer pourquoi c'est encore plus galère que ce que vous imaginez. Mais avant de commencer, on va vous dire ceci : un jour, ça ira mieux. Vous voilà rassurés, non ?

Rien n'est acquis dans la vie, mes petits chéris.

Cette nuit, alors que vous êtes rentrés à la maison depuis peu, Daphné-Aurore et Ernest-Scaphandre se sont calés sur le même rythme. Alléluia, avez-vous chanté en latin, avec la furieuse envie de le crier sur tous les toits (ce que vous n'avez pas fait uniquement pour ne pas réveiller les voisins) ! Stop. On rembobine. Ils se sont calés sur le même rythme UNE fois. Ne tuez pas la peau de l'ours avant de mettre la charrue devant les bœufs. C'était peut-être juste une coïncidence. Et puis de toute façon, ce n'est pas forcément signe que vous serez tranquilles, Émile.

Ils se réveillent au même rythme.

C'est une bonne nouvelle SI et seulement SI, vous, les parents, vous partagez les tâches équitablement (et la nuit, on le sait, c'est à la guerre comme à la guerre, les amoureux peuvent se révéler les pires ennemis pour grappiller un peu de sommeil) (ne demandez pas le divorce, nous sommes TOUS pareils).

Sauf que, dans le cas d'un allaitement, il faut de toute façon que la mère se lève un minimum. Son mec lui répondra donc que quitte à être réveillée, autant qu'elle aille les chercher. (Ben voyons.)

Dans le cas du biberon, donner les deux biberons tout·e seul·e, au milieu de la nuit, ce n'est pas non plus *easy easy*. Ça veut dire de toute façon en lâcher un pour changer l'autre. À moins d'avoir l'équipe technique de Céline Dion à Las Vegas version nounous, ça sera galère.

Ils sont aussi décalés que Catan*.

(* Mais si : « Décalé catan, décalé catan, ohé ohé » [humour pourri assumé, et ne nous remerciez pas si vous avez *Au bal masqué* dans la tête toute la semaine, c'est cadeau].)

Bon, revenons à nos marmots. On disait donc, ils sont en total décalage, à croire qu'il y en a un qui vit à l'heure de l'Azerbaïdjan et l'autre à celle des îles Fidji. Sauf que vous, vous êtes en France et éreintés. À ce stade, soit vous tirez à la courte paille celui qui se lèvera toute la nuit pour les deux (teasing : c'est celui qui aura une tronche de zombie le lendemain), soit vous vous levez une fois sur deux (teasing : vous aurez tous les deux des mines de zombies le lendemain).

Quoi qu'il en soit, le résultat, c'est que vos nuits seront pourries.

Oui, bah désolées, on n'a aucune astuce.

Mais un jour, ça ira mieux.

En attendant, vous pouvez continuer à chantonner *Au bal masqué*. Au moins, ça vous rappellera qu'avant, quand vous ne dormiez pas la nuit, c'était pour danser.

LISTE DES EXCUSES

à donner à son·sa conjoint·e pour ne pas se lever la nuit

Qui dit jumeaux, dit deux fois plus de réveils... Et parfois, c'est clairement compliqué ! Si la légende raconte que des jumeaux ont déjà fait leurs nuits dès la maternité, une autre stipule que certains ont attendu cinq ans. Alors, pour survivre, il va falloir feinter. Voici quelques astuces pour espérer grappiller une ou deux heures de sommeil, qui fonctionnent aussi bien pour les mamans que pour les papas !

- Pousser des cris (silencieux, surtout si l'un des deux bébés dort encore) et rappeler à quel point on a mal au dos.

- Assurer que l'on s'est levé·e il y a une heure : « Tu ronflais, tu n'as rien entendu. »

- Promettre, la main sur le cœur : « La prochaine fois, c'est moi. »

- « Si t'y vas, demain, je te fais un massage dont tu te souviendras toute ta vie. »

- Ne rien dire. Faire semblant de ronfler. Lui mettre un coup de coude. Attendre. Recommencer au besoin.

- Rappeler, des trémolos dans la voix, qu'on les a portés pendant neuf mois et que nos organes s'en souviennent. (Ne fonctionne que pour la maman.)

- Déclarer, des trémolos dans la voix (oui, les trémolos dans la voix, ça marche bien), que demain, on a une grosse grosse réunion de boulot et qu'il faut que l'on soit en forme. (Ne fonctionne que si l'on a repris le travail.)

- Le·la brosser dans le sens du poil : « Tu fais ça tellement plus vite que moi ! »

- Le·la prendre par les sentiments : « Je suis sûr·e qu'ils veulent leur papa·maman. »

- Pleurer (si, si, parfois, ça fonctionne).

10 ACTIVITÉS

simples et à moindre coût à faire avec son (ses) aîné(s)

On parlait du couple il y a quelques pages. Mais si vous avez un ou des aînés, il va aussi falloir leur trouver un créneau pour s'occuper exclusivement d'eux et qu'ils ne se sentent pas délaissés. Même quelques minutes par jour en tête à tête suffisent à ce qu'il se sente important. Voici quelques idées pas trop chères pour vous permettre de lui donner de votre temps (et d'en profiter aussi !).

1 Le cinéma. Le meilleur plan, car en plus, vous pourrez même rattraper un peu de votre sommeil en retard !

2 Le parc. Pas cher, mais il faudra rester sur le qui-vive... Mais gratuit...

3 Les musées. On n'y pense pas assez, mais c'est souvent super-cool et à moindre coût, et en plus, ce n'est pas trop bruyant. Quitte à fuir les pleurs des deux bébés, autant que ce soit pour une activité calme !

4 La bibliothèque. Mais oui, cet endroit où tout le monde est calme et qui ravit les enfants, car il y a plein de livres sur tous les sujets du monde !

5 La piscine. Comme ça, quand vous rentrez, il sera crevé. Hop, un de moins dont il faudra se soucier cette nuit ! En prime, c'est parfait pour votre ceinture abdominale d'après-grossesse, d'une pierre deux coups ! (Et même trois, parce qu'en même temps, le petit a pris sa douche et vous vous êtes lavé les cheveux !) (Punaise, d'une pierre quatre coups ! Royal !)

6 Les courses. Promis, à 4 ans, c'est formidable d'aller faire les courses. Un bout de pain pour faire patienter pendant que vous remplissez votre frigo !

7 Le ménage ! Ben quoi ? Sur un malentendu ça peut passer, non ?

8 — La cuisine. Une recette simple, ludique et qui plaît toujours : les saucisses-momies ! Une pâte feuilletée que vous coupez en bandes, des saucisses (y'a même des végétales pour les végétariens), vous enroulez et vous enfournez. *Best parents in the world !* En bonus, le repas du soir est prêt. Promis, on vous en parlera pendant des semaines encore !

9 — La pâte à sel. Facile : 2 doses de farine, 1 dose de sel, 1 dose d'eau et *go !* En plus, si c'est moche, vous n'aurez qu'à dire que c'est pour mamie. Comme ça, l'enfant est heureux, vous êtes heureux, et même mamie est ravie !

10 — Une promenade au grand air. C'est toujours bon pour tout le monde et en plus, on dort bien mieux après !

MOTS MÊLÉS

d'activités avec son (ses) aîné(s)

E	E	U	Q	N	A	T	E	P	U	S	J	U	Ç	X	Z	G	E
I	K	M	U	S	E	E	D	A	N	E	M	O	R	P	Q	C	H
W	S	Z	I	N	O	S	L	E	S	A	E	T	A	P	I	O	C
G	C	J	E	A	M	E	N	I	C	L	Q	I	O	L	E	V	A
N	O	W	G	P	B	A	L	L	O	N	K	A	Q	N	N	M	C
I	X	E	A	B	I	B	L	I	O	T	H	E	Q	U	E	G	E
P	E	V	N	P	E	Q	M	T	F	Ç	V	V	T	G	E	M	H
P	G	W	I	N	F	J	U	N	R	A	P	Q	M	E	N	U	C
O	E	P	D	O	E	A	E	E	T	S	N	R	R	G	I	D	A
H	N	Y	R	G	L	Z	C	G	N	G	C	J	C	A	S	L	C
S	A	P	A	R	C	W	G	V	A	I	Z	L	B	N	I	Q	T
D	M	M	J	L	A	A	T	Q	R	N	Q	S	Y	E	U	F	P
T	I	H	S	Q	T	N	O	D	U	F	I	U	D	M	C	C	I
A	W	P	U	H	C	K	W	J	A	V	I	T	E	J	M	B	S
C	O	U	R	S	E	S	J	N	T	P	T	O	A	F	B	N	C
H	E	Q	O	P	P	G	N	K	S	Y	V	A	V	P	L	H	I
P	Z	O	S	G	S	P	M	W	E	W	A	Y	F	K	B	C	N
M	E	T	R	F	N	J	Y	I	R	F	T	N	Z	W	O	D	E

BALLON
BIBLIOTHÈQUE
CACHE CACHE
CINÉMA
COURSES
CUISINE
JARDINAGE
MANÈGE
MÉNAGE
MUSÉE
PÂTE À SEL
PARC PATINAGE
PÉTANQUE
PIQUE NIQUE
PISCINE
PROMENADE
RESTAURANT
SHOPPING
SPECTACLE VÉLO

CHAPITRE 5

ON A DES JUMEAUX

Et on gère !

Les premiers mois sont passés (sur les chapeaux de roues) et vous avez survécu, et même assuré, on n'en doute pas une minute. Maintenant que les rythmes de Beyoncé-Simone et Rihanna-Hermione sont calés, vous allez pouvoir souffler. (Non, on déconne, mais avouez que vous y avez cru !) Ce qui est vrai, c'est que vous aussi, vous avez pris le rythme et trouvé votre organisation (branlante, mais votre organisation quand même). On peut même dire que vous gérez comme des chefs. C'est le moment d'en profiter, parce que dès qu'ils commenceront à marcher, rebelote, il faudra tout remettre en question. Alors c'est parti, on va un peu en profiter !

— TOP 5 DES AVANTAGES —
à avoir des jumeaux monozygotes

Et si on se brossait un peu dans le sens du poil ? Et si on s'autocongratulait ? Voici le top 5 des avantages à avoir des jumeaux qui se ressemblent comme deux gouttes d'eau (si vous avez des jumeaux qui ne se ressemblent pas tant que ça, passez à la page suivante, vous aussi y avez droit !). Ne voyons que le côté positif l'espace d'un instant. Si, si, ça fait du bien !

1 — Les vrais jumeaux, ça fait rêver tous les passants. Vous pouvez vous balader telle Beyoncé qui promène ses bébés. *You're not a single lady, but you're THE LADY.* Et vous attirez toujours la sympathie !

2 — Vous avez toujours une bonne excuse quand vous vous trompez de prénom ! Ben oui, ils se ressemblent, donc on peut bien se tromper parfois quand même. Et puis de toute façon, si vous vous trompez, qui le saura ? Personne ! (Ça ne marche pas si vous les appelez par le nom du chien, en revanche.)

3 — Vous vous ennuyez ? Vous pouvez jouer au jeu des 7 différences en mettant vos enfants côte à côte ! Finies, les soirées Cluedo®, place aux soirées « Qui est qui ? ».

4 — Vous pouvez vous la péter allègrement en expliquant à qui veut l'entendre que VOUS, vous savez les différencier. Et vous pouvez être sûrs qu'aux yeux des non-avertis, vous serez des héros du quotidien !

5 — Vous faites des économies ! Les photos d'identité ? Pas besoin d'amener les deux ; un bébé et c'est parti ! De toute façon, les photos sont toujours par quatre, et une fois à la mairie pour faire les papiers, ils n'en prennent qu'une… C'est moins de gaspillage, donc c'est *ecofriendly* ! Le permis ? Un enfant d'inscrit pour l'apprentissage du code en illimité, les deux y vont à tour de rôle et le tour est joué ! Il faudra juste payer deux examens finaux.

— TOP 5 DES AVANTAGES —
à avoir des jumeaux dizygotes

On vous l'avait dit, parents de jumeaux dizygotes, votre tour est venu ! Voici votre liste d'avantages à vous aussi.

1 — C'est la seule configuration dans laquelle vous pouvez avoir une fille et un garçon. Le choix du roi ! Ce qui signifie, si c'est le cas, que dans les magasins, tous les rayons s'offrent à vous. À vous la joie et l'allégresse sans aucune frustration ! SHOPPING ILLIMITÉ !

2 — Pas de stress sur qui est qui. Wouhou, ils ne se ressemblent pas tant que ça ! Même si on décide de les habiller pareil, on peut les différencier, ce qui va vous retirer une épine du pied.

3 — Ils ont (un peu) moins de chances d'être appelés « les jumeaux » à tout bout de champ.

4 — Ils ne pourront pas vous faire de blague du style « Mais non, c'est pas moi Éric-Antoine, c'est mon frère ! » Et vous apprécierez de ne pas avoir de doute 24 heures sur 24.

5 — Vous avez plus de chances d'en avoir au moins un sur les deux qui vous ressemblera au moins un peu !

10 AVANTAGES

à avoir des jumeaux tout court !

Oui, on en remet une couche (propre), mais il est nécessaire de voir le verre doublement plein, n'est-ce pas ? Qu'ils se ressemblent parfaitement ou qu'ils soient différents, qu'on les considère comme des jumeaux ou comme des frères/sœurs du même âge, il y a aussi toute une liste d'avantages à avoir des twins.

1 Déjà, vous avez optimisé le temps de grossesse. D'une certaine façon, vous avez gagné neuf mois à pouvoir manger du fromage. Neuf mois, quoi !

2 Vous en aurez toujours un pour finir le repas de l'autre. Fini, le gaspillage (et au moins, c'est pas vous !).

3 C'est deux fois plus d'amour, de bonheur, de bisous et de câlins.

4 Comme ils ont le même âge, ils jouent avec le même jouet au même moment, donc vous n'aurez pas besoin d'en avoir des mille et des cents ! (Non, ne cherchez pas, ils utilisent toujours LE MÊME jouet... Enfin, ils se DISPUTENT toujours le même jouet plutôt.)

5 Plus besoin d'inviter un copain ou une copine à la maison, ils en ont déjà un·e du même âge !

6 Le « terrible two », la première rentrée, l'adolescence... Vous allez galérer, oui, mais vous allez galérer une seule fois !

7 Les gens vous disent toute la journée que vos enfants sont beaux (quand vous avez des jumeaux, vous avez environ 548 chances de plus pour que les personnes s'arrêtent pour vous dire qu'ils sont trop beaux), et même si souvent, c'est lourd, ça fait aussi du bien à l'ego !

8 Les jumeaux peuvent compter l'un sur l'autre et feront toujours attention à l'autre, ce qui peut être vraiment rassurant pour vous lorsqu'ils entreront à l'école.

9 À partir de maintenant, vous ne connaîtrez plus l'ennui, toutes vos journées et même vos nuits seront chargées.

10 Avoir des jumeaux vous donne l'excuse parfaite dès que vous en avez besoin pour refuser les sollicitations non désirées : « J'peux pas, j'ai des jumeaux ! » et les gens sont obligés de vous répondre avec un sourire compatissant !

Sauriez-vous tirer le bon parti d'être parent de jumeaux ?

Lorsque vous regardez vos jumeaux, vous vous dîtes ?

LOVE avec un grand A !

Attends, c'est lequel Georges-Bryan déjà ? Comment j'avais habillé Kévin-Maurice ce matin ?!

Pour la maman, l'accouchement c'était...

Une seule épisiotomie ou césarienne, au lieu de doubler les cicatrices si vous aviez eu deux enfants avec quelques années d'écart !

Une boucherie.

Après la naissance, vous...

Etiez pressé de reprendre le boulot et confier votre progéniture à la crèche ou la nounou.

Avez savouré l'avantage d'avoir 22 semaines de congé maternité postanatal et 18 jours de congé paternité !

Financièrement, que pensez-vous de votre situation ?

Plus d'allocations et tout le matériel de puériculture d'occasion, on ne se plaint pas !

9 000 couches sur 3 ans, 1464 petits pots entre 6 mois et 1 an... ça pique !!

Vous êtes invité à une soirée.

Vous ne pouvez pas saquer la copine chieuse de vos amis, c'est le moment d'utiliser votre « J'peux pas, j'ai des jumeaux ! »

Vous galérez à trouver un(e) baby-sitter ou un proche volontaire et vous jurez de ne plus jamais refaire d'enfants !

Waouh, vous kiffez votre life ! Vous pouvez même remettre ça et tenter une deuxième paire de jumeaux !

Le quotidien vous paraît plus compliqué avec vos jumeaux, et vous n'êtes pas loin du burn-out parental... Demandez de l'aide, voyez un psy, et vous finirez par trouver votre rythme et votre bonheur !

— LES INTERACTIONS —
entre jumeaux et le langage

Il est prouvé que les jumeaux ont tendance à parler plus tard que les enfants « seuls ». Néanmoins, pas d'inquiétude, ils finissent tous par parler à un moment donné. En revanche, ils bavardent entre eux, sans se soucier du fait que personne d'autre ne les comprenne. Et si parfois ça peut être agaçant, la plupart du temps, c'est surtout attendrissant.

Pourquoi un retard de langage ?

Plusieurs pistes : pour les jumeaux nés avant terme, on doit regarder les progrès par rapport à leur âge « corrigé ». Il faut soustraire le nombre de semaines d'avance par avance à leur âge réel (la réponse n'est pas le cheval blanc d'Henri IV). Par exemple, Jean-Pif et Charles-Hercule ont 11 mois, mais sont nés avec deux mois d'avance. Ils ont donc 9 mois en âge corrigé. Ils ne sont donc pas « en retard » par rapport à leurs copains de 11 mois, vous voyez ?

Les interactions

Les jumeaux ont leur propre façon de se parler. Ce n'est pas une langue à part comme on peut l'entendre, plutôt du baragouinage qu'ils sont les seuls à comprendre. Ils apprennent le vocabulaire de l'autre sans se soucier de nous, pauvres parents, qui répétons inlassablement que l'on ne dit pas « cocu », mais « coucou » (ce qui ne nous fout pas la honte du tout). De fait, comme il est plus important pour eux de blablater entre eux que de s'abaisser à prononcer comme le commun des mortels, ils conservent un peu plus longtemps que la moyenne quelques défauts de prononciation.

Les séparer ?

C'est l'une des raisons pour lesquelles on peut envisager de les « séparer ». On ne vous demande pas d'en mettre un en pension sur Dagobah et l'autre sur Bespin comme Princesse Leia et Luke Skywalker (ouais, on a les références qu'on peut !), mais de vous occuper exclusivement de l'un, puis de l'autre, ce qui est également intéressant sur d'autres plans. Tout seul, John-Raymond devra se faire comprendre, donc faire des efforts. Pareil pour Mireille-Chloé.

En conclusion, avant 3 ans, aucune raison de vous inquiéter !

— AVANT, —
on avait des principes, maintenant, on a des jumeaux

La grande idée qui consiste à dire qu'avant, on avait des principes et que maintenant, on a des enfants vaut doublement le coup avec des jumeaux. Premièrement parce que l'on ne s'attend pas au dixième de ce qui nous tombe dessus en les accueillant. Deuxièmement, parce qu'ils sont deux et qu'ils unissent leurs forces pour se liguer contre notre volonté. Bref, voici les choses que vous allez sûrement devoir lâcher en tant que parents de jumeaux.

(À MOINS D'ÊTRE DES WARRIORS DE OUF !)

• On n'achètera rien en double, ils partageront. Ça sert à ça d'avoir des jumeaux !

Sur le papier, c'était bien pensé. Si, si, vraiment. Sauf que... vous connaissez les enfants ? Il y a une théorie qui dit qu'il suffit qu'un enfant s'intéresse par hasard à un jouet pour que tous les enfants autour veuillent EXACTEMENT celui-là. Maintenant.

Oh, vous lutterez, oui. Et puis, 127 crises de « Non, c'est moi qui prends le Spiderman » plus tard, on vous promet que la prochaine fois vous en commanderez deux au Père Noël...

• Ce sera chacun son rythme, je ne leur imposerai pas de manger en même temps s'ils n'en ont pas envie...

Ça, c'était avant que vous vous rendiez compte qu'il faut faire des choix. Nourrir votre bébé quand il veut ou dormir, il faut choisir. Les premiers jours, vous tiendrez bon. Ensuite... vous ne leur imposerez pas un rythme, vous leur soumettrez l'idée. Nuance. Le fait qu'ils se calent en même temps sauve de précieuses minutes de sommeil/douche/repas pour vous. Et les premiers mois, ce n'est pas du luxe !

• Chacun aura son assiette et sa cuillère, le partage, ce n'est pas hygiénique.

Ça, c'était juste avant qu'ils aient faim en même temps, un jour de purée de carottes. Un proverbe dit : « Donner de la purée à manger à deux enfants en même temps, et les carottes seront cuites... et sur vous. » Ça customise version Desigual un tee-shirt blanc à moindres frais, certes, mais une cuillère et hop ! chacun son tour, c'est bien aussi !

LA MOTRICITÉ LIBRE

Un jour, bientôt (le temps passe si vite alors que vous ne dormez pas la nuit, c'est fou, non ?!), vos minuscules bébés qui hier encore étaient des petits haricots qui vous chatouillaient la vessie vont se mettre debout et vouloir MARCHER. Bêtement, vous pensez que ça va vous soulager. (Attendez, on rit.) (Voilà.)

Parce qu'avant qu'ils ne marchent de leurs propres pieds comme les oisillons volent de leurs propres ailes, il va falloir qu'ils APPRENNENT à marcher. Et s'il est plutôt simple (bien qu'un peu casse-gueule) de tenir un enfant par les mains, ça devient plus compliqué quand on a quatre bras à tenir avec seulement deux mains (on vous laisse résoudre le problème mathématique). Si les deux ne se décident pas à se tenir debout en même temps, vous êtes sauvés... Mais généralement, ils se motivent l'un l'autre (« Vas-y, Étienne-Marathon, c'est trop cool ici vu d'en haut ! ») et vogue la galère pour vous (et les cheveux blancs).

C'est là qu'entre en jeu l'intérêt de la motricité libre.

La motricité libre, quèsaco ?

C'est un concept inventé par Emmi Pikler dans les années 1960 et qui a le vent en poupe dans les crèches. En gros, il s'agit de laisser les enfants évoluer librement, à leur rythme, pour qu'ils acquièrent naturellement un sentiment de sécurité et développent d'eux-mêmes un comportement moteur.

Comment la mettre en place ?

On les libère des entraves matérielles (pas de parc, pas de transat, pas de trotteur, pas de siège en hauteur) et on les laisse explorer l'espace, après leur avoir préparé le terrain pour qu'ils soient en sécurité. On les aide également à développer leur motricité fine grâce à des jeux d'encastrement et de construction. Et on les laisse évoluer à leur rythme. On ne cherche pas à les asseoir, à les tenir par les bras ou à les mettre debout. C'est plutôt à la « quand vous le sentez, les gars » !

Et après ?

Rassurés et en sécurité, ils progressent doucement (parfois plus lentement que les autres), mais sûrement. Il faudra les soutenir un peu, mais quand ils se lèveront, ils seront plus adroits. Et vous, plus zen !

LES REMARQUES
des gens

Qui dit début de vie avec des jumeaux dit... début des remarques à deux balles que vous allez recevoir à longueur de journée ! Pour vous y préparer, on a dressé le palmarès des phrases à la con que vous allez entendre à chaque nouvelle personne rencontrée (certaines étant assez talentueuses pour toutes les sortir dans la même conversation, ou presque). (Ça mériterait d'en faire un loto des phrases cons !)

- Le sublime « ATTENTION, CONVOI EXCEPTIONNEL ! »

« Sérieux, les gars ! » (Car, oui, 90 % du temps, ça vient des hommes.) Si vous ne l'entendez pas AU MOINS une fois par jour, c'est parce que vous n'êtes pas sortis.

- « C'était voulu, les jumeaux ? »

« Euh... T'as déjà vu quelqu'un programmer des jumeaux ? On peut en commander au Père Noël, ça se passe comment ? Non, on en avait demandé qu'un, mais c'était la foire aux gros volumes, un acheté, un gratuit, alors on s'est dit pourquoi pas... »

- « Ça va vous vacciner contre l'envie d'en faire un autre... »

Genre, ça y est, tu en as eu deux d'un coup, donc tu n'en voudras plus jamais de ta vie ? Et si on rêvait d'une famille nombreuse ? Non, les jumeaux ne sont pas (toujours) des contraceptifs humains !

- « Et vous les avez conçus normalement ? »

« Non, on a le gène de Panoramix en nous... Alors un peu de ci, un peu de ça et... VOILÀ ! » Il y a pas mal de FIV aujourd'hui, mais sachez qu'il existe encore et toujours des jumeaux conçus naturellement.

- « Non, mais sérieusement, t'arrives vraiment à les reconnaître ? »

« En vrai, je n'ai aucune idée de qui est qui et je m'en fous, car je suis leur mère · père et personne n'osera jamais me contredire. »

Ou au contraire :

- « Ah, tiens, bizarre, ils ne se ressemblent pas vraiment pour des jumeaux. T'es sûr·e ? »

« Non, on n'est jamais sûr de rien dans la vie. D'ailleurs, je te laisse, je vais passer à la maternité pour vérifier qu'ils n'ont pas échangé mon second jumeau contre le second jumeau de quelqu'un d'autre, au cas où. »

- « C'est beau, mais chez les autres, hein ! »

Après le « convoi exceptionnel », c'est l'une des remarques que l'on supporte le moins. On sort son plus beau sourire bien faux et on continue...

- « Eh ben, vous ne devez pas vous ennuyer ! »

S'ennuyer... Le rêve de tout parent de jumeaux qui se respecte !

- « C'est vrai qu'ils discutent par télépathie ? »

« Oui. Là, ils sont en train de contrôler mon téléphone portable pour qu'il sonne, d'ailleurs. Et sinon, leur plus grand pouvoir, en réalité, c'est de nous rendre fous en stéréo. »

Et vous les avez conçus comment ?
...
Puisque tu tiens tellement à le savoir...
... par la pénétration !

20 CHOSES

qui prouvent que vous êtes parents de jumeaux

1 — Le choix de la poussette vous a pris plus de temps que lorsque vous avez choisi votre voiture !

2 — En fait non, pour la voiture, vous n'avez pas eu le choix, il fallait un monospace.

3 — Vous vous faites souvent accoster par les mamies dans la rue.

4 — Votre maison a des airs de showroom de magasin de puériculture,

5 — Vous regardez les parents avec un seul enfant galérer et vous vous dites qu'ils n'ont rien vu.

6 — Quand vous allez chez le médecin pour un enfant, vous demandez systématiquement l'ordonnance pour le second, car vous savez que vous allez y passer d'ici deux jours...

7 — Vous savez ce que veut dire STT/syndrome du bébé vampire.

8 — Vous avez passé deux fois plus d'échos que vos copines et elles sont trop jalouses.

9 — Si votre lave-linge tombe en panne, vous piquez une crise et en rachetez un immédiatement.

10 — Vous savez ce que c'est que galérer pour faire garder vos enfants.

11 — Quand vous croisez des parents de jumeaux, vous compatissez, car vous, VOUS SAVEZ ! (D'ailleurs, vous ne leur dites pas « Attention, convoi exceptionnel »...)

12 — Vous vous trompez de prénom au moins 20 fois par jour.

13 — Régulièrement, vous vous dites que les gens qui ont un seul enfant à la fois, c'est vraiment de la triche.

14 — Vous vous êtes déjà demandé s'il existe vraiment une connexion wifi/Bluetooth ou autre entre vos enfants.

15 Les bêtises de vos enfants sont toujours plus grosses que celles des enfants du même âge des copains... En même temps, ils ont deux cerveaux pour les concocter...

16 Vous avez un torticolis à force d'admirer un bébé puis l'autre.

17 Vous avez acheté tellement de couches que vous auriez pu vous faire cinq mois de vacances en *all inclusive* à Tahiti si vous aviez gardé l'argent.

18 Quand vous faites les courses, vous n'êtes pas persuadés qu'un seul Caddie suffira...

19 On vous pose des questions qui maintenant vous paraissent débiles, du genre : « Qui est le dominé et qui est le dominant ? »

20 Une fois sur deux, vous ne savez/saurez pas qui est qui sur les photos de 0 à 2 ans... Pensez à bien le noter quand vous les imprimerez.

CHAPITRE 6

ÉLEVER DES JUMEAUX

C'est pas du gâteau !

C'est un sujet qui revient souvent dans les angoisses des jeunes parents de jumeaux : l'éducation de jumeaux n'est pas tout à fait la même que celle des enfants « seuls », même d'âges rapprochés. On ne sait jamais s'il faut les élever de la même façon ou selon la personnalité de chacun. Comment faire pour qu'il n'y en ait pas un qui domine l'autre ? Doit-on les séparer en classe ? Comment accorder le même temps à chacun ?

— ÉLEVER DES JUMEAUX, —
c'est différent ?

Est-ce que l'on élève différemment des jumeaux par rapport à des enfants que l'on a un par un ? Sur le principe, on a envie de crier au scandale, pas du tout, mais enfin, n'importe quoi ! Mais en réalité, les jumeaux acquièrent certaines compétences plus vite que les enfants « uniques ». Et éduquer deux enfants d'un coup modifie forcément notre manière de voir les choses.

L'apprentissage de la patience

Les jumeaux vont devoir s'habituer rapidement à être plus patients, en raison de l'impossibilité pour les parents de porter/nourrir/changer tout le monde en même temps. C'est un gros travail sur soi pour vous plus que pour les bébés, d'ailleurs. Savoir anticiper quand on peut et prioriser quand on n'a pas pu anticiper !

L'autonomie

Le fait qu'ils soient toujours deux peut aussi être déterminant. Les jumeaux ont moins besoin des parents que les enfants « uniques », car ils ont toujours leur partner in crime avec eux. Leur lien est si fort avec leur alter ego qu'il arrive même que les parents se sentent un peu dépassés par cette relation.

La différenciation

Même s'ils se ressemblent, ils ont des personnalités et des caractères différents. Il est d'ailleurs fort probable que la maman l'ait senti dès leurs premiers mois de vie in utero et qu'elle ait identifié que Léon-Bill dormait plus quand Théo-Boule, lui, s'amusait à faire du trampoline sur sa vessie. L'éducation se fera donc au cas par cas, en gardant à l'esprit qu'ils ne sont pas « les jumeaux », mais deux êtres à part entière. Considérez-les comme deux enfants du même âge, mais aux besoins et aux envies différents.

La séparation

Cela ne vous viendrait pas forcément à l'idée pour des enfants d'âges rapprochés, mais dans le cas des jumeaux, la question va vite venir sur le tapis. Ils sont ensemble depuis toujours. Déjà dans votre ventre, ils communiquaient, se caressaient, se rassuraient. Ils ont un lien à part. Et il est possible que cela pèse davantage sur l'un que sur l'autre. Alors faut-il séparer ? Le terme est assez dur, mais, oui, il sera nécessaire de les laisser vivre des expériences l'un sans l'autre. À vous de voir dans quelles circonstances, selon vos enfants.

— ILS GRANDISSENT, —
comment les habiller ?

Reprenons plus en détail cet épineux problème qui va, encore une fois, faire parler toutes les commères : « Bah, pourquoi vous (ne) les habillez (pas) pareil ? » (Oui, quel que soit votre choix, on vous posera la question.)

Que les choses soient claires : si, lors de leurs premiers mois de vie, vous avez fait comme bon vous semblait, maintenant, vous allez aussi et surtout faire comme bon leur semble à eux. Mais lisez quand même les difficultés que cela peut engendrer.

Ils ont chacun leur armoire et des vêtements bien différents

Problème n° 1 : c'est le casse-tête à chaque fois que les fringues sortent du sèche-linge. « Mais p* %°&@ à qui est ce tee-shirt ? Lou-Juniper ou Amédée-Dagwood ? » Si vous leur demandez, les deux répondront : « À moi ! » Vous voilà bien avancés.

Solution : marquer leurs vêtements comme s'ils partaient en colo.

Problème n° 2 : vous revenez d'une séance de shopping avec deux sweats, un rouge et un bleu. Bingo ! Igor-Neige voudra ABSOLUMENT le bleu et Grichka-Crocus... aussi. Et là, c'est le drame.

Solution : plouf, plouf, c'est toi qui auras le rouge ! (Ouais, bah on fait ce qu'on peut.)

Problème n° 3 : pour mieux les différencier, depuis qu'ils sont petits, vous avez établi un code couleur. Vert pour Marie-Brenda et rouge pour John-Brandon. (Le rose et le bleu, c'est genré, on vous rappelle.) Sauf qu'ils grandissent et qu'ils ne veulent plus de ces couleurs. Ils veulent plein de couleurs, et on les comprend, on n'est pas dans *Koh Lanta*.

Solution : vous mettez tout ensemble dans la machine et vous espérez que ça décolore. Voilà, ne nous remerciez pas.

Ils ont les mêmes fringues, tout est en double

Problème n° 1 : s'ils veulent mettre les mêmes fringues le même jour, tout le monde va vous demander qui est qui.

Aparté : même si vous, vous n'avez pas spécialement envie qu'ils soient habillés de la même façon, parce que vous avez lu que ce n'était pas bien, blablabla, peut-être qu'EUX, ils en ont envie. Dans ce cas, pourquoi lutter ?

Solution : balancer un prénom au hasard. On blague. Accessoirisez-les avec un détail qui fait la différence.

Problème n° 2 : l'un des deux tee-shirts avec des cœurs et des licornes a été ravagé par un atelier peinture et, bien sûr, Jeanine-Liv et Evelyne-Maddie vont vouloir mettre celui-là. Aujourd'hui.

Solution : ce sont vos gosses, débrouillez-vous. (Non, on n'a pas de solution, à part faire disparaître le tee-shirt restant et que tout le monde pleure.)

Conclusion

Que vous choisissiez d'avoir tout en double ou non, vous ferez face à des problèmes existentiels. La bonne nouvelle, c'est que vous apprenez la patience. Ou pas.

— IDÉES REÇUES —

sur les jumeaux (pour clouer le bec à tata Lucette)

Avec ce petit vrai ou faux qui donne quelques informations pour briller en société, vous allez pouvoir rabattre le caquet à quelques-uns, et même découvrir certaines choses. Alors, vrai ou faux ?

Les « vrais jumeaux » ont les mêmes empreintes digitales.

FAUX. Les empreintes digitales sont déterminées génétiquement seulement en partie. Si l'un des fœtus suce son pouce, par exemple, cela modifiera son empreinte.

Il y a toujours un dominant et un dominé chez les jumeaux.

FAUX. En tout cas, pas toujours le même. Ils ont des caractères propres, certains plus affirmés que d'autres, et peuvent, selon leur personnalité, être plus ou moins à l'aise dans certaines situations.

Les « vrais jumeaux » sont forcément fusionnels.

FAUX. Même si, oui, ils ont un lien particulier, à partir de 2 ans, ils commencent à gagner en autonomie.

Les jumeaux ont un langage secret.

VRAI et FAUX. Comme on l'a vu page 102, ils communiquent bien entre eux, mais cela était plus vrai à l'époque où les jumeaux n'étaient pas du tout individualisés par les parents. Et on appelle cela la « cryptophasie » (mot compte triple).

Les jumeaux sont généralement gauchers.

VRAI. Ouais, c'est bizarre, mais c'est comme ça, 90 % des jumeaux sont gauchers.

Il n'y a pas d'aîné au sens propre du terme chez les jumeaux.

VRAI (et faux pour la loi). Chez les monozygotes, il y a une seule poche, donc ils sont arrivés en même temps. Chez les dizygotes, comment savoir qui est arrivé en premier ? C'est presque comme l'œuf ou la poule, on ne le saura jamais. En France, selon le droit hérité des textes romains, on déclare le premier né comme l'aîné.

Avouez que vous aussi, vous venez de découvrir des choses !

— JEU —

Les vérités sur les jumeaux

Entourez en vert vert les vérités et en rouge les fausses idées reçues.

Ils sont majoritairement gauchers

Chez les monozygotes, il n'y a pas d'aîné

Ils sont toujours habillés pareils

Pour différencier de «vrais jumeaux» il faut marquer leurs prénoms sur leurs affaires, leur front ou le leur tatouer

Le congé paternité dure 18 jours

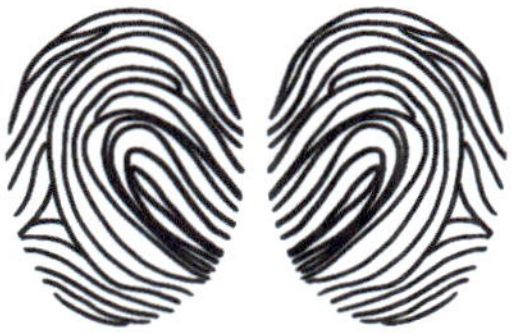

Les « vrais jumeaux » ont
les mêmes empreintes

Les « vrais jumeaux » sont
forcément fusionnels

Les monozygotes sont
forcément du même sexe

On ne donne naissance à
des jumeaux que
par césarienne

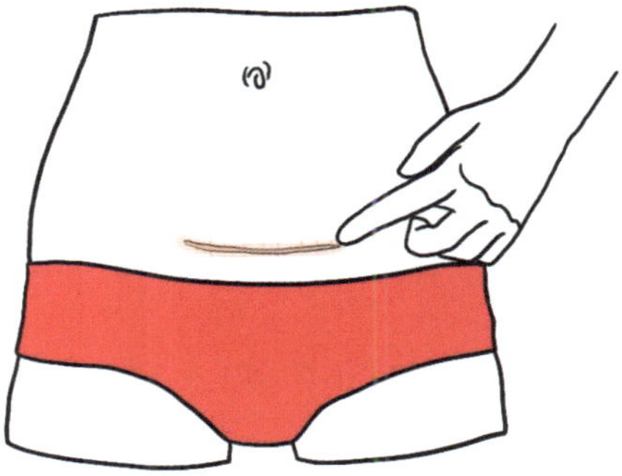

Les vérités : ils sont majoritairement gauchers ; les monozygotes n'ont pas d'aîné ; le congé paternité dure 18 jours ; les «vrais jumeaux» ont les mêmes empreintes ; les monozygotes sont forcément du même sexe.

Les fausses idées reçues : les jumeaux ne sont pas forcément habillés pareils ; on n'écrit pas sur leur front et on ne les tatoue pas ! (mais vous pouvez marquer leurs affaires à votre guise) ; ils ne sont pas fusionnels obligatoirement ; la césarienne n'est pas un passage obligé.

VRAIS JUMEAUX :
comment aider à éviter la confusion ?

Quand vous êtes là, vous voyez bien que les gens n'osent pas donner de prénom. S'ils se lancent, ils vous regardent en coin et se plantent deux fois sur trois, mais vous pouvez les aider. Sauf qu'à la crèche, chez la nounou ou à l'école, vous ne serez pas là, et ça peut être frustrant pour les enfants de se faire appeler par le prénom de l'autre. Alors voici quelques solutions pour que l'on arrête de les confondre :

- Leur coller une étiquette prénom sur le front.

Mauvaise idée. La vie, c'est pas une partie de Time's Up!™.

- Leur mettre des fringues bien différentes en attendant qu'ils trouvent chacun leur style.

Bonne idée... s'ils sont d'accord (à voir page 113).

- En raser un intégralement.

Mauvaise idée, même si au moins celui-là n'aurait pas de poux !

- Donner une tétine différente à chacun.

Bonne idée... s'ils ont des tétines !

- Ne leur mettre que des tee-shirts avec leurs prénoms.

Mauvaise idée, ce ne sont pas des hommes-sandwichs.

- Leur faire une coupe de cheveux différente.

Bonne idée, même si on se demandera toujours si c'est Dorothy-Tic ou Samantha-Tac qui a les cheveux au carré.

- Utiliser un code couleur au niveau des chaussures/chaussons.

Bonne idée (sauf s'ils se les échangent entre eux, auquel cas la maîtresse va devenir chèvre...) !

- À eux de se débrouiller, on a tous des repères différents.

Bonne euh... Ouais, d'abord !

ÉCOLE : on sépare ?

On a déjà abordé le sujet de la séparation, et admis que ce n'était pas une mauvaise idée pour la construction de leur personnalité qu'ils ne soient pas toujours fourrés ensemble. Après tout, ils sont frères et/ou sœurs, pas siamois (auquel cas, c'est plus compliqué). Mais dans les faits, quels sont les avantages à les mettre dans deux classes différentes ou à les laisser ensemble ?

Avantages à les laisser dans la même classe

- Il n'y a pas d'angoisse de séparation. On sait à quel point les premiers jours à l'école peuvent être compliqués, donc ensemble, ils pourront se rassurer l'un l'autre.

- Pas besoin de séparer les parents le jour de la rentrée pour accompagner les enfants !

- Pas de problème lors des réunions de rentrée qui se passent en même temps.

- Vous n'aurez pas à choisir quelle sortie scolaire vous accompagnez.

- Vous pourrez compter au moins sur un des deux pour avoir les devoirs.

- En cas de maladie d'un seul, ça sera plus facile à rattraper.

Avantage à les séparer

- Ils pourront se faire leurs propres amis, sans se poser de questions sur son frère ou sa sœur.

- Cela évite aux enseignants de comparer les compétences de chacun des jumeaux.

- Ils ont deux fois plus de choses à raconter le soir (même si les premières années, les deux répondront « Rien » ou « Je sais pas » à la question « Vous avez fait quoi aujourd'hui ? »).

- Ils auront des secrets l'un pour l'autre.

Quoi qu'il en soit, discutez avec l'équipe pédagogique, qui saura vous conseiller et vous rassurer. Et si Jean-Ragot et Anne-Poivron doivent être séparés à la rentrée, commencez à les y préparer !

Note

Selon la taille de l'école, vous n'aurez peut-être pas le choix. S'il n'y a qu'une classe, à moins d'en mettre un dans l'école et l'autre en pension, ils seront ensemble, un point c'est tout !

— DOIT-ON —

les appeler « les jumeaux » ?

Oui, ils sont jumeaux. C'est dans leurs gènes, c'est ainsi. Mais est-ce la seule chose qui les définit ? Que nenni ! Deux enfants, deux identités. C'est un peu comme une boîte de nuit, deux salles, deux ambiances. (Désolé pour la comparaison, que l'on assume !)

Alors oui, souvent, c'est ainsi qu'ils seront appelés par leurs camarades, voire par les adultes qui les entourent. Mais quand vous leur parlez, tentez dans la mesure du possible de les individualiser.

D'autant plus quand il y a un·e aîné·e ou un·e plus petit·e dans la fratrie.

Imaginez : « Les jumeaux et Marie-Prune, à table ! » Mouais. Et pourquoi pas plutôt : « Les enfants, à table » ?

En les appelant « les jumeaux » pour les désigner par rapport à leurs autres frères et sœurs, vous les excluez de la fratrie, ou vous excluez les autres enfants de leur duo. Or ce sont tous vos enfants. Ce n'est pas une remarque de jugement, on le fait sans s'en rendre compte, par facilité. Mais il est intéressant de réfléchir à la sémantique.

« Comment vous vous appelez ?

— Bah, les jumeaux. »

Ce serait bien d'éviter d'en arriver là, n'est-ce pas ?!

Et si, de façon générale, on évitait de les comparer ?

Plus que de les appeler « les jumeaux », évitez à tout prix de comparer « les jumeaux » entre eux. Oui, Gisèle-Hortense a été propre plus tôt que Patricia-Jeanne. Super pour Gisèle-Hortense. Mais ce n'est pas une raison pour clamer à sa sœur que du coup, il serait temps qu'elle s'y mette.

Ce principe est d'autant plus important lors de la rentrée à l'école. Si Albert-Équation est meilleur en numération que Frida-Croquis, tant mieux pour lui. Si Frida-Croquis dessine des bonshommes-patates plus vite que son ombre et bien mieux que son frangin, grand bien lui fasse. Mais ce n'est pas la peine de le leur faire remarquer. Les encourager, les féliciter pour leurs compétences propres, c'est suffisant. Ils auront de toute façon bien assez de raisons de se comparer dans la vie, pas la peine d'en ajouter.

— LE CAS (ÉPINEUX) —
de l'anniversaire

Puisque l'on est dans la différenciation, la séparation à petites doses et les conseils psy, autant continuer sur cette voie et soulever une autre question qui vaudrait bien un camembert au Trivial Pursuit®. Les fêtes d'anniversaire avec les copains, c'est ensemble ou séparément ? (Et bim, vous n'y aviez pas pensé à ça ?!) Encore une fois, c'est vous qui voyez. Nous, on va juste vous dresser la liste des avantages (et des inconvénients, vous nous connaissez) de chaque situation.

Une fête commune

• C'est bouclé en un après-midi, youpi !

• Ça donne moins de boulot (parce que deux fêtes, ça veut dire deux cartons d'invitation différents, deux décorations, deux après-midi à y consacrer, deux migraines post-fiesta...).

• Ça permet de mélanger les amis (et quand il y en a certains en commun, de ne pas les avoir deux fois sur le paletot) (si, si, ce sont toujours les plus relous qui sont amis avec les deux).

• Ça permet de ne pas prévenir deux fois les voisins qu'il va y avoir du bruit.

Mais...

• Ça fait beaucoup, beaucoup d'enfants. Beaucoup trop. (Et donc du bruit. Beaucoup de bruit.)

• Il va falloir trouver un consensus entre la fête « pirates » et la fête « astronautes » (ce qui peut donner un bel anniversaire des pirates de l'espace).

• C'est la guerre au moment des cadeaux (parce que Gilles-Machin en a eu plus, vu qu'il y avait plus d'amis à lui qui sont venus).

Deux fêtes séparées

• C'est top pour offrir à chacun un moment bien à lui.

• Ça fait moins d'enfants d'un coup.

• Vous pouvez faire deux thèmes différents, deux chasses au trésor différentes, deux... (Comment ça, on est censés être dans les avantages, là ?!)

Mais...

• Chaque jumeau va comparer sa fête avec celle de l'autre dans les moindres détails.

• Ça prend DEUX après-midi !

Conclusion : discutez-en avec eux, négociez et voyez ce qui en ressortira. Ou bien décidez qu'ils auront une fête d'anniversaire pour leurs 18 ans et pas avant. C'est bien aussi.

#MêmeAttentionÀChacun

COMMENT DONNER
la même attention à chacun ?

C'est l'une des questions existentielles qui va vous culpabiliser et vous tenir éveillés alors que vous devriez dormir pour rattraper vos trois mois de sommeil en retard. Elle va de pair avec : « Est-ce que je suis un bon parent ? »

On vous rassure tout de suite en vous rappelant que vous êtes des parents extraordinaires. Et que vous faites comme vous pouvez. Alors la culpabilité, elle peut aller jouer à saute-mouton si elle veut, mais vous, vous allez arrêter de les compter et vous rendormir *fissa*. Bien. Cela étant dit, voici ce que l'on peut vous dire sur l'égalité du temps alloué à chacun.

Il est impossible de s'occuper des deux de la même façon

Pourquoi ? Tout simplement parce que ce sont deux enfants différents, qui n'ont pas les mêmes besoins et surtout pas les mêmes besoins en même temps. Ce sont des jumeaux, oui, mais surtout deux personnalités à part entière. Vous devez vous occuper en priorité de celui qui a besoin de vous à l'instant T. Oui, vous devrez zapper le jeu des couleurs avec celui qui n'est pas en train de vomir ses tripes sur vos chaussures dans les w.-c. Oui, vous manquerez de temps pour l'histoire du soir parce que vous avez consolé un gros chagrin ou bercé celui qui fait ses dents. Et puis, tout simplement, vous ferez un peu plus de câlins à Gustave-Glue qui en demande fréquemment, et moins à Philippine-Indépendance qui est plus autonome et qui n'aime pas trop qu'on la prenne dans les bras.

Ce n'est pas pour ça que l'un des deux finira en psychothérapie à vie

Vous aurez moult occasions, tout au long de leur vie, de vous occuper plus de l'un ou de l'autre. Et ils sauront vous faire remarquer qu'ils ont besoin de vous. Une chose est sûre, vous les aimez autant, tous autant qu'ils sont, et c'est bien cela le plus important.

Prenez du temps avec chacun d'eux, individuellement

Dès touts petits, en revanche, vous pouvez essayer de prendre du temps de façon individuelle avec chacun d'eux pour faire des choses qui les intéressent l'un plus que l'autre – reprenez les exemples de la page 93 avec l'aîné. Faire des sablés avec Norbert-Salambo pendant que Victoire-Olympe joue aux quilles avec son papa/sa maman, c'est offrir aux deux des moments pour se construire seuls et c'est important.

Maintenant que vous êtes rassurés, retournez vous coucher !

— LA CHANCE —
qu'ils ont d'être jumeaux

Avant de conclure, on a voulu vous donner une dernière note d'espoir, en interrogeant des parents de jumeaux désormais adultes, ou des jumeaux adultes. Voici les conclusions que l'on en a tirées.

- Les jumeaux ont la chance d'avoir, dès la conception, quelqu'un pour leur tenir compagnie.

- Les jumeaux ont la chance de naître en même temps que quelqu'un sur qui compter toute leur vie. Un alter ego avant même le berceau.

- Les jumeaux ont la chance d'avoir un copain de jeu qu'ils connaissent depuis l'enfance.

- Les jumeaux ont la chance d'avoir un·e allié·e, que ce soit à l'école ou pour les bêtises à la maison !

- Les jumeaux ont la chance de pouvoir apprendre plus vite l'empathie, ils ont quelqu'un dont ils se sentent étrangement responsables, ils se protègent mutuellement.

- Les jumeaux ont la chance de se sentir compris sans rien avoir à dire.

- Les jumeaux ont la chance de vivre, dès le début de leur vie, une aventure extraordinaire.

- Les jumeaux ont la chance de se sentir, dès l'enfance, des êtres à part.

- Les jumeaux ont la chance de susciter l'intérêt dès lors qu'ils annoncent avoir un·e jumeau·elle. (Et ça le fait en soirée !)

- Les jumeaux (dizygotes) ont, de façon héréditaire, plus de chances d'avoir à leur tour des jumeaux (et leurs parents de se frotter les mains en leur disant : « Vous verrez comment c'est ! »).

MINISTÈRE DES PARENTS IMPARFAITS

DIPLÔME DU PARENT
DE JUMEAUX

Vu le procès verbal de l'examen établi le .... 20... à ...h...,
qui atteste que les épreuves « Grossesse gémellaire », « Achats en double »,
« Nuits très courtes », « Couches, lessives, biberons et petits pots à la chaîne »,
« Différenciation des deux bébés », « Répartie à la question : Ces sont de vrais
jumeaux ? » avec option « Monozygotes » ou « Dizygotes » ont été passées
avec succès,
le diplôme du Parent de jumeaux est conféré à
Mme .... et M ...., parents de ....
et de ....

Signature du titulaire

Ministère des Parents Imparfaits

CONCLUSION

C'est ici que s'achève ce guide. Bien que nous ayons pris soin d'aborder le plus de sujets possible, il vous restera toujours des interrogations propres à votre famille, à vos enfants et à vos expériences. Mais maintenant, vous êtes parés pour y arriver, parce que normalement, vous l'avez compris : vous êtes extraordinaires et vous allez assurer.

Ça ne sera pas facile tous les jours, on ne vous l'a pas caché. Certaines fois, vous vous demanderez même pourquoi ça vous est arrivé à vous, mais vous réussirez.

Vous pouvez d'ores et déjà être fiers de vous.

Un dernier conseil, parce que nous aimons ça : ne vous isolez pas. Rapprochez-vous de parents de jumeaux pour vous soutenir et vous comprendre, de vos amis, de la famille… Un guide, c'est bien (et le nôtre est fabuleux, nous le savons, merci), mais ça ne remplacera jamais l'humain. Alors n'hésitez jamais, si vous avez besoin d'une épaule sur laquelle pleurer, de quelqu'un avec qui râler ou pour raconter vos anecdotes et rire, parce qu'il vaut mieux en rire qu'en pleurer.

Enfin, avant les remerciements solennels, merci à tous ceux et celles qui nous ont aidées en nous envoyant des réponses à nos questions, des messages ou des mails :

Élodie, Clémence, Ludivine, Virginie, Juliette, Sandrine, Émilie, Séverine, Claire, Sarah, Émilie, Dyloo, Isabelle, Françoise, Anastasia, Coralie, Julie, Linda, Aurélie, Laurence, Cécile, Carole, Farida, Marie-Sophie, Alexandra, Élodie, Sabrina, Marion, Charlotte, Ludivine, Tatiana, Élodie, Mélanie, Fabienne, Adeline, Fanny, Émilie, Séverine, Mathilde, Virginie, Sabrina, Maud, Kassandra, Julie, Magali, Élodie, Mélanie, Gwenaelle, Alexandra, Peggy, Laure-Hélène, Kathleen, Gini, Virginie, Alexis, Faby, Mary, Audrey, Delphine, Stéphanie, Julie, Laurence, Betty, Coralie, Emmanuelle, Sandra, Morgan, Audrey, Marie, Carole, Magali, Catherine, Christelle, Sylvie, Élise, Amandine, Lorraine, Élodie, Nadège, Stéphanie, Camille, Marina, Amélie, Karen, Pascaline, Domitille, Maud, Éva, Bénédicte, Stéphanie, Anne, Aurélia, Catherine, Sandrine, Vanessa, Sarah, Caro, Mélissa, Maïté, Carla, Mélanie, Frédérique, Elsa, Marion, Aurélie, Déborah, Laurence, Mathilde, Marie-Aude, Maëva, Estelle, Christine, Pauline, Carine, Morgane, Laura, Marie, Ludivine, Nathalie, Mélanie, Lorette, Anouchka, Lauriane, Pauline, Fanny, Isabelle, Cléa, Caroline, Valérie, Caroline, Estelle, Katia, Carole, Lauren, Chloé, Perrine, Sybille, Laurine, Béatrice, Virginie, Tiffany, Delphine, Jenny, Sonia, Pascaline, Valérie, Cécile, Gaëlle, Stéphane, Delphine, Kate, Mélissa, Karine, Corinne, Vincent, Ingrid, Carole, Audrey.

Remerciements des auteurs

Cynthia Kafka
Pour ma quatrième participation aux guides des Parents Imparfaits, je suis entrée dans le presque inconnu. L'univers des jumeaux. Celui qui fait aussi peur qu'il émerveille, avouons-le. Rédiger ce guide a été un ravissement, je crois que je n'ai jamais autant ri.

Alors je voulais remercier Candice, dans un premier temps. Lors de notre toute première collaboration, il y a maintenant 4 ans, on ne s'attendait ni l'une ni l'autre, je crois, à ce que les Parents Imparfaits prennent tant d'ampleur. Les guides issus de cette collection sont toujours aussi drôles et intéressants.

Bravo Candice, les éditions Marabout, la merveilleuse Amélie qui corrige dans l'ombre et l'incroyable Camille qui dessine sans relâche.

Merci à Lalie de m'avoir cédé une place à côté d'elle pour l'écriture de ce guide, j'ai tellement aimé ajouter mes traits d'humour (aléatoire, l'humour, j'espère que vous avez apprécié !)

Merci à vous, chers lecteurs, qui nous suivez ici, qui me suivez en lisant mes romans.

Merci à ma famille de ne pas (trop) criser quand je m'enferme pendant des jours et des nuits pour écrire.

Merci la vie. (et ma mère, qui aime avoir ses propres remerciements !) À bientôt, en dédicace ou sur les réseaux sociaux !

Oralie Julien
Je remercie mon utérus pour avoir pu porter la vie et surtout 2x en même temps même si l'après est parfois sportif.

Je remercie mon mari d'être encore là au quotidien parce que clairement sans lui je crois que je serais en PLS au fond de mon canapé.

Toute l'équipe de Just GO qui a fait en sorte de me remplacer pour me dégager du temps pour l'écriture de ce livre.

Et je remercie mes co-autrices pour cette belle aventure pas toujours simple avec nos emplois du temps : Candice, Amélie et Camille.

Et surtout Cynthia pour le sauvetage de vie de relecture et re écriture de mes phrases pas toujours simples.

Et du fond du cœur, MERCI à tous les lecteurs / suiveurs de l'ombre de Maman Floutch / Madame Floutch depuis 7 ans sans qui je ne serais pas ici aujourd'hui •

N'ayez pas peur de ce qui vous attend. L'aventure est folle, fatigante, mais elle est grande et surtout extra ordinaire.

Et merci la vie, parce que bon j'ai quand même eu pas mal de chance d'être bien entouré au quotidien •

Camille Skrzynski
Merci à mes enfants de remplir mon cœur et mon existence de joies, d'imperfections et d'inspiration quotidienne à illustrer ; restez vous-mêmes (beaux, intelligents et drôles !) et soyez heureux.

Tu ne liras pas ces lignes, mais je ne pourrai jamais arrêter de te consacrer un paragraphe : **Merci Maman**, d'avoir toujours cru en mon talent, de m'avoir encensée auprès de tout ton entourage comme si j'étais la Madonna de l'illustration. J'espère de tout mon cœur que du Ciel tu peux continuer à poser sur moi un regard empli de fierté maternelle.

Merci à Toi, qui est entré dans ma vie avec tes mini-Toi. Pour ce tome, j'avais presque la mise en situation : deux paires de jumeaux, avec deux de tes enfants du même âge que les miens ; de quoi m'inspirer !

Merci à Candice de poursuivre l'aventure littéraire ensemble. Je ne compte plus le nombre de tomes accouchés (j'ai perdu le fil) !

Merci à Cynthia pour ton humour et ton énergie communicatifs.

Un merci ému à Valérie B. d'avoir assuré malgré les épreuves de la vie, et de rendre à temps un travail graphique de qualité, en restant toujours aussi agréablement humaine.

Merci à Amélie P. d'être une éditrice si bienveillante, humaine, drôle, compréhensive et... patiente !

Merci à Marabout et à toutes vos petites fourmis qui œuvrent pour le bien de nos guides.

Merci à Bibi et Karine, mes jumelles d'amitié, pour votre écoute, vos conseils, votre patience, le sourire que vous me (re) donnez ainsi que votre capacité à supporter mes petits défauts ; depuis des années, la vie n'aurait pas la même saveur sans vous. Je vous aime très très très fort !

Merci à Johnny Depp et **Bradley Cooper** de vous battre pour moi ; continuez. Ça m'excite.

Merci à tous mes lecteurs et fans car votre enthousiasme à chacun de mes dessins publiés m'encourage à continuer <3

Mise en pages : Cipanga
Imprimé en 2020 chez Macrolibros en Espagne
Pour le compte des éditions Hachette Livre (Marabout)
58, rue Jean-Bleuzen, 92170 Vanves
Dépôt légal : avril 2020

ISBN : 978-2-501-14951-8
3390473